Bianca

MALÉVOLA SEDUCCIÓN

MIRANDA LEE

Editado por Harlequin Ibérica.
Una división de HarperCollins Ibérica, S.A.
Núñez de Balboa, 56
28001 Madrid

Malévola seducción, n.º 2550 - 14.6.17
Título original: The Millionaire's Inexperienced Love-Slave
Publicada originalmente por Mills & Boon®, Ltd., Londres.
Este título fue publicado originalmente en español en 2008

I.S.B.N.: 978-84-687-9546-1
Depósito legal: M-9351-2017
Impresión en CPI (Barcelona)
Fecha impresion para Argentina: 11.12.17
Distribuidor exclusivo para España: LOGISTA
Distribuidores para México: CODIPLYRSA y Despacho Flores
Distribuidores para Argentina: Interior, DGP, S.A. Alvarado 2118. Cap. Fed./Buenos Aires y Gran Buenos Aires, VACCARO HNOS.

Capítulo 1

SHARNI estaba a punto de almorzar en un café muy de moda de la ciudad de Sidney cuando creyó ver entrar en él a su difunto esposo.

Mientras observaba a Ray con los ojos como platos, agarró con fuerza el menú que tenía entre las manos. El corazón le latía a toda velocidad en el pecho.

Por fin, el sentido común se apoderó de ella y la ayudó a tranquilizarse. No era Ray. Simplemente, se trataba de un hombre que se parecía a él.

No. Era mucho más que un simple parecido. Aquel hombre era la viva imagen de su esposo. Si ella misma no hubiera identificado el cuerpo sin vida de su difunto marido hacía cinco años, tal vez podría haberse imaginado que él no estaba en ese tren aquel fatídico día.

Dios Santo... ¡Si hasta andaba como Ray!

La mirada atónita de Sharni siguió al hombre mientras el camarero le conducía a una mesa situada al lado de la ventana, no demasiado lejos de la que ella ocupaba. Trataba de encontrar algo diferente, algo que no encajara con los recuerdos que tenía del esposo al que tanto había amado y que había perdido tan trágicamente...

Nada.

Tal vez aquel desconocido era algo más alto e iba un poco mejor vestido. La cazadora de ante marrón que llevaba puesta parecía muy cara, al igual que la camisa de seda color crema y los elegantes pantalones beige.

Aparte de eso, todo lo demás era igual. El mismo cuerpo. El mismo rostro. El mismo cabello, tanto en el color como en el estilo.

Ray había tenido un cabello precioso... espeso y ondulado, de un rico color castaño con reflejos rojizos. Solía llevarlo más bien largo, por debajo del cuello de la camisa. A Sharni le encantaba deslizar los dedos entre los mechones... A Ray también le había gustado.

El doble de Ray tenía exactamente el mismo cabello.

Mientras observaba cómo el desconocido tomaba asiento, Sharni sintió que se le secaba la boca. Esperaba que él se apartara el cabello de la frente del mismo modo en el que lo hacía Ray cada vez que se sentaba...

Cuando lo hizo, Sharni tuvo que contenerse para no gritar.

¿Qué clase de broma cruel del destino era aquella?

Últimamente había estado tan bien... Por fin había sido capaz de retomar las riendas de su vida. Había vuelto a trabajar, aunque solo media jornada. A pesar de que no era mucho, sí era mejor que estar sentada en casa todo el día.

Aquel viaje a Sidney había sido otro gran paso para ella. Cuando su hermana le había regalado un fin de semana en la ciudad australiana como regalo de su trigésimo cumpleaños, la reacción inicial de Sharni había sido echarse atrás.

–No puedo dejar a Mozart un fin de semana entero, Janice –había sido su primera respuesta, aunque sabía que aquello era simplemente una excusa.

Tenía que admitir que Mozart no era el más dócil de

los perros. Aún seguía triste por la pérdida de Ray y se mostraba algo agresivo con otras personas. Sin embargo, John, el veterinario del pueblo y también jefe de Sharni, sí era capaz de conectar con él y estaría encantado de cuidárselo a Sharni.

Janice había comprendido que se trataba de una excusa y no había hecho más que insistir desde entonces, al igual que la psicóloga de Sharni, una mujer muy amable que había estado tratándola desde que le diagnosticaron estrés postraumático hacía un año.

Al final, a Sharni no le había quedado más remedio que acceder.

Le había costado mucho montarse en el tren el día anterior, pero lo había conseguido. No obstante, había tenido que aferrarse a su teléfono móvil en el momento en el que el tren arrancó de la estación temiéndose que se iba a apoderar de ella un ataque de pánico. Janice había logrado calmarla y, cuando el tren llegó por fin a Sidney, Sharni se había sentido un poco como la mujer que era antes. Aquella mañana, se había ido a la peluquería del hotel para que le arreglaran el cabello y, a continuación, se había ido de compras. Las prendas que había adquirido eran informales, pero más caras de las que solía comprarse.

El dinero no era un problema para ella. Apenas había tocado los tres millones de dólares de la indemnización que había recibido dieciocho meses atrás.

Cuando entró en aquel café poco después de la una, ataviada con uno de sus nuevos conjuntos, se había sentido mucho más optimista. Por una vez, la ansiedad no le atenazaba el estómago.

De repente, el mundo se le había vuelto a poner patas arriba.

No podía dejar de mirar al guapo desconocido que

tanto le recordaba al hombre que había amado. Había leído en alguna parte que todo el mundo tiene un doble, pero en aquel caso era mucho más. Si no hubiera sabido que era imposible, habría dicho que aquel hombre era el hermano gemelo de Ray.

Aquel pensamiento la dejó boquiabierta. Tal vez lo era... Después de todo, Ray había sido adoptado y jamás había sabido las circunstancias de su nacimiento porque, según él, no le interesaban.

No era algo descabellado que unos gemelos hubieran sido separados en su nacimiento y que hubieran sido adoptados por familias diferentes. ¿Podría ser esa la explicación del sorprendente parecido que tenía ante sus ojos?

Tenía que averiguarlo.

Tenía que hacerlo.

Capítulo 2

ADRIAN se había fijado en la atractiva morena a través del ventanal del café antes de entrar. A pesar de que siempre le habían atraído las mujeres morenas, la presencia de aquella desconocida no había sido la razón de que entrara en el establecimiento. Desde que se mudó a un apartamento de lujo en Bortelli Tower hacía un mes, Adrian se había convertido en un cliente asiduo del café que había en los bajos del edificio en el que vivía, en parte porque le resultaba muy conveniente y, en parte, porque la comida era magnífica.

Cuando entró, la morena levantó los ojos y lo miró muy fijamente.

En otra ocasión, Adrian podría haberle dado pie devolviéndole la mirada en vez de retirarla y de fingir que no se había dado cuenta de su interés. Sin embargo, no se encontraba de humor para disfrutar de la compañía femenina. Aún estaba rumiando lo que Felicity le había dicho la noche anterior.

–No deberías tener una novia de verdad –le había espetado ella después de que Adrian llegara francamente tarde a una cena–. ¡Lo que necesitas es una amante! Alguien a mano solo para el sexo. Alguien por la que no tengas sentimientos ni consideración alguna. Sin embargo, lo que yo necesito es un hombre que me ame con todo su corazón y su alma. Lo único que tú amas, Adrian Palmer, es a ti mismo y a tus malditos edificios. Estoy harta de esperar a que me llames o a que te presentes. Un buen amigo me advirtió de tu reputación de seductor adicto al trabajo, pero yo, estúpida de mí, creí que podría cambiarte. Ya veo que no puedo. Me marcho de aquí. Tal vez algún día conozcas a alguna mujer que te rompa el corazón. Te aseguro que así lo espero.

El hecho de que Felicity le dijera que tenía reputación de ser un seductor adicto al trabajo escandalizó a Adrian, al igual que saber que le había hecho daño a ella, dado que siempre había creído que Felicity estaba tan centrada en su trabajo como él. Evidentemente, ella había sentido mucho más hacia él de lo que Adrian había experimentado nunca hacia ella.

Suponía que tenía que haberse dado cuenta, pero no había sido así. La noche anterior se había pasado unas cuantas horas jurándose que iba a cambiar, que iba a dejar de ser tan egoísta. Precisamente por eso estaba ignorando a la morena, a pesar de que su ego masculino se sentía muy halagado de que los ojos de aquella desconocida no hicieran más que seguirle por toda la sala.

Cuando se sentó y se echó el cabello hacia atrás, vio una imagen de aquella mujer reflejada en la ventana.

Vaya... No era atractiva, sino muy atractiva... Una larga melena de cabello negro enmarcaba un hermoso rostro adornado por enormes ojos castaños que no dejaban ni un solo momento de mirarlo.

Cuando tomó el menú, Adrian no pudo evitar mirarla de soslayo. Ella apartó inmediatamente los ojos, pero no sin que él pudiera ver antes la turbación reflejada en ellos.

«Menos mal que ella no es de las atrevidas», pensó Adrian. Si lo hubiera sido, tal vez él habría sentido la tentación de acercarse a su mesa para pedirle que almorzaran juntos. Ese pensamiento no decía mucho sobre su decisión de dejar de ser un seductor.

De repente, la morena se levantó de su mesa y se acercó a un sorprendido Adrian.

–Mmm... Perdone –dijo.

Adrian levantó la mirada del menú, que fingía estar leyendo.

De cerca era aún más bonita, con el rostro ovalado, piel clara, una naricilla respingona y una boca que cualquier hombre desearía besar. Su figura tampoco estaba nada mal. Unos pantalones negros y un jersey rosa ceñido la mostraban en todo su esplendor y destacaban unos pechos rotundos y una estrecha cintura.

–Lo siento –añadió–, pero debo hacerle una pregunta. Seguramente pensará que soy una grosera, pero... tengo que saberlo.

–¿Saber qué?

–¿Es usted por casualidad adoptado?

Adrian parpadeó. Aquella manera de entrarle a un hombre resultaba de lo más original y eficaz. Mucho mejor que lo de «¿no nos hemos visto antes?».

Tal vez se había hecho una imagen equivocada de ella. Tal vez sí era muy atrevida. Además, siempre se había sentido atraído por las morenas. Le resultaban mucho más interesantes. Representaban un desafío mucho más grande. Y a Adrian le gustaban los desafíos.

–No, le aseguro que no –replicó. Se preguntó qué sería lo que haría ella a continuación.

La desconocida frunció el ceño con expresión perpleja.

–¿Está usted del todo seguro? Es decir, no quiero

causarle problemas, pero algunos padres no les dicen a sus hijos que han sido adoptados. ¿Cree usted que existe la posibilidad de que haya podido ocurrirle algo así?

Adrian por fin comprendió que aquella mujer no estaba tratando de ligar con él. La pregunta era totalmente auténtica, tal y como reflejaba la mirada de aquellos maravillosos ojos.

–Le aseguro que soy el hijo biológico de mis padres y tengo fotos que lo demuestran. Además, mi padre jamás me habría ocultado algo tan importante como eso. Era una persona que valoraba mucho la sinceridad.

–En ese caso, es increíble... Verdaderamente increíble.

–¿El qué? –preguntó Adrian. Había terminado por picarle la curiosidad.

–No importa –respondió ella sacudiendo la cabeza–. Siento mucho haberle molestado.

–No, no se vaya –le pidió Adrian al ver que ella se disponía a darse la vuelta.

Aquella situación era un verdadero misterio por resolver y a Adrian le encantaban los misterios casi tanto como los desafíos.

–No me puede dejar así. Tengo que saber por qué ha creído usted que yo podría ser adoptado. Siéntese y cuéntemelo.

Ella miró con cierta preocupación hacia su propia mesa, donde había dejado su bolso y las compras que había realizado.

–¿Por qué no va a recoger sus cosas y se sienta conmigo para almorzar?

La desconocida lo observó durante un largo instante.

–Lo siento... No creo que pueda hacer algo así.

–¿Y por qué no?

La mirada se fue haciendo cada vez más agitada, al igual que los movimientos de sus manos. Al fijarse en cómo se retorcía las manos, Adrian se dio cuenta de que ella llevaba puesto un anillo de compromiso y una alianza. Saber que estaba casada lo desilusionó más de lo que se había sentido en mucho tiempo.

–¿Porque a su esposo no le gustaría? –preguntó indicándole al mismo tiempo la mano izquierda.

El hecho de que Adrian mencionara a su marido pareció turbar aún más a la desconocida.

–Yo... yo ya no tengo esposo –replicó–. Soy viuda.

Adrian casi no pudo ocultar su satisfacción al escuchar aquellas palabras.

–Lo siento –dijo, a pesar de todo, tratando de sonar sincero.

–Murió en un accidente... Yo tuve que identificar el cuerpo. Yo... Oh, Dios... Tengo que sentarme.

La mujer tomó asiento en la silla que había frente a él. Su pálido rostro había adquirido una tonalidad grisácea. Adrian se apresuró a servirle un vaso de agua fría de la jarra que tenía sobre la mesa. Ella se lo tomó de un trago y, después, volvió a sacudir la cabeza.

–Debe usted de pensar que estoy loca. Es que usted... usted se parece tanto a él...

–¿A quién? –preguntó Adrian, justo antes de deducir a quién se refería ella.

–A Ray.

–Su difunto esposo.

–Así es. El parecido es asombroso. Usted podría... podría ser su hermano gemelo.

–Entiendo –dijo Adrian–. Por eso quería usted saber si yo soy adoptado.

–Me... me parecía la única explicación posible.

–Dicen que todo el mundo tiene un doble, ¿sabe?

–Sí, sí. Eso he oído. Esa debe de ser la explicación, pero, aun así, es un shock.

–Me lo imagino.

–En realidad, ahora que lo veo a usted de cerca, sus rasgos no son exactamente iguales a los de Ray. Algunas cosas son un poco diferentes. Simplemente no estoy segura de... –añadió inclinando ligeramente la cabeza, como si estuviera estudiando su rostro.

–¿Cuánto tiempo hace que murió su esposo? –le preguntó Adrian, pensando que tenía que ser una pérdida muy reciente.

–Cinco años.

Adrian frunció el ceño. ¡Cinco años y ella seguía echándolo de menos! Debía de haberle amado mucho. No obstante, ya iba siendo hora de que siguiera adelante con su vida. Era aún muy joven y guapa... muy, muy guapa. Sintió un hormigueo muy familiar en la entrepierna.

–Ray murió en un tren que descarriló en las Montañas Azules –explicó ella con tristeza–. Varias personas fallecieron también aquel día.

–Lo recuerdo. Fue una tragedia y, si recuerdo bien, un accidente que se hubiera podido evitar.

–Así es. El tren iba demasiado deprisa para el estado de la vía.

–Siento mucho su pérdida. ¿Tenían ustedes hijos? –le preguntó. Parecía tener la edad suficiente para ser madre. Rondaría los treinta años.

–¿Qué? No –afirmó, algo bruscamente–. No, no tuvimos hijos. Mire, creo que es mejor que vuelva a mi mesa. Siento haberlo molestado. Gracias por el agua.

Adrian le agarró una mano por encima de la mesa antes de que ella pudiera escapar.

–Me llamo Adrian Palmer –dijo, a modo de presentación–. Soy hijo único. Mi padre fue Arthur Palmer, médico de familia, ya fallecido, y mi madre se llama May Palmer, enfermera retirada. Tengo treinta y seis años y soy un arquitecto de éxito. De hecho, diseñé este edificio.

Ella le miró la mano y luego el rostro.

–¿Por qué me está contando todo esto?

–Para no ser un desconocido. Por eso se ha negado a almorzar conmigo, ¿no es cierto?

Capítulo 3

SHARNI no supo qué contestar. El hecho de que se hubiera negado a almorzar con Adrian no tenía nada que ver con el hecho de que él fuera un desconocido.

–Oh, entiendo... –dijo él, comprendiendo enseguida–. Es porque le recuerdo demasiado a su esposo.

–Sí –contestó ella.

–¿Y eso es malo?

–Bueno, no... Supongo que no...

–Ahora que por fin ha logrado superar la sorpresa de nuestro parecido físico, estoy seguro de que podrá ver muchas diferencias entre nosotros.

Su voz era muy diferente. Ray había tenido un fuerte acento australiano. Adrian Palmer hablaba de un modo que delataba una educación refinada. Sin caer en la afectación, pero sí cultivada y refinada. También tenía un aire de seguridad en sí mismo que Ray jamás había poseído. Su esposo había sido un hombre tranquilo y tímido, cuyas necesidades emocionales habían despertado el instinto maternal de Sharni.

Sin embargo, resultaba una ironía que el doble de Ray fuera arquitecto, la profesión que a Ray siempre le habría gustado tener. Él solo había podido llegar a delineante.

–Por favor, no me diga que no –dijo él, con una sonrisa totalmente diferente a la de Ray. Era seductora y mostraba unos deslumbrantes dientes blancos y un encanto casi irresistible.

Sharni empezó a tener dudas sobre lo que debía hacer. Tal vez, de repente, aquel desconocido no le recordara en nada a Ray.

–Solo se trata de un almuerzo –añadió.

Los ojos azules le brillaban como el sol. Los de Ray casi nunca habían brillado. Más bien habían sido lagos tranquilos mientras que los de aquel hombre relucían como el mar.

–Muy bien –accedió antes de que pudiera pensárselo mejor.

Él se levantó inmediatamente y fue a buscar las cosas de Sharni antes de que ella pudiera pronunciar palabra.

–Veo que ha estado de compras –dijo, antes de colocar las bolsas sobre una de las sillas que quedaba vacía.

–¿Cómo? Oh, sí... Pensaba seguir después de comer.

–Bien.

Cuando se sentó, él volvió a retirarse el cabello con la mano, un gesto que, una vez más, dejó a Sharni sin palabras. Entonces, sonrió.

–Sería mejor que usted se presentara.

–¿Cómo dice?

–Su nombre. ¿O acaso prefiere seguir envuelta en el misterio?

–Le aseguro que no hay misterio alguno sobre mí –dijo ella obligándose a reaccionar–. Me llamo Sharni. Sharni Johnson.

–Sharni... Es un nombre muy poco frecuente, pero te va muy bien. Ah, aquí está el camarero para tomar nota de lo que queremos. ¿Sabes ya lo que vas a tomar,

Sharni, o te gustaría arriesgarte y dejar que fuera yo quien eligiera por ti? En realidad, no es riesgo alguno, dado que ya he comido muchas veces aquí, ¿verdad, Roland?

–Así es, señor Palmer –respondió Roland.

–Muy bien –dijo ella. Le parecía que la seguridad en sí mismo de Adrian Palmer rayaba en la arrogancia.

–¿Te gusta el pescado? –le preguntó él mientras estudiaba el menú.

–Sí.

–¿Y el vino? ¿Te gusta el vino blanco?

–Sí.

–En ese caso, Roland, tomaremos los filetes de besugo al vapor con ensalada, seguidos de la tarta de almendras y ciruelas. Con crema. Pero, en primer lugar, tráenos una botella de ese vino blanco que tomé el otro día. Ya sabes. Un Sauvignon Blanco de Margaret River.

–Enseguida, señor Palmer.

Sharni no tuvo más remedio que admirar el *savoir-faire* de Adrian Palmer. Había pasado ya mucho tiempo desde la última vez que un hombre le pidió la comida en un restaurante con tanta decisión. Ray había sido un poco indeciso en lo que se refería a lo de decidir qué comida tomar en un restaurante. De hecho, tomar decisiones no había sido el punto fuerte de su esposo. De eso se había encargado ella.

Ya no. La capacidad de Sharni para tomar decisiones se había desintegrado poco después de ganar el juicio de la indemnización por la muerte de Ray. Había sido como si hubiera podido mantenerse firme mientras buscaba justicia, pero, en el momento en el que se había leído el veredicto a su favor, se había desmoronado.

El hecho de ganar tres millones de dólares había sido una victoria algo vacía. Ni todo el dinero del mundo podría compensarle por la muerte de su esposo y de su precioso bebé.

Sin embargo, la vida seguía. Eso era lo que Janice le decía constantemente.

Su hermana se habría sentido muy orgullosa de ver que Sharni no salía corriendo en aquel momento, aunque podría tener ciertas sospechas acerca de los motivos que la habían ayudado a quedarse. Janice podría haber pensado que había accedido a almorzar con el doble de Ray para poder fingir que este aún seguía con vida.

No era el caso. Podría ser que aquel hombre se pareciera a Ray, pero, en carácter, no tenía nada que ver con su difunto esposo. Solo podría fingir que era Ray si no hablaba. O si estaba dormido.

–¿De verdad diseñó usted este edificio? –preguntó ella cuando el camarero se marchó por fin.

–Así es. ¿Te gusta?

–Para ser sincera, ni siquiera lo he mirado. Iba andando por la acera, noté el olor a comida y me di cuenta de que era hora de comer. Entonces, entré a almorzar.

–Te lo mostraré después de almorzar. Vivo en uno de los pisos más altos.

«¡Madre mía! ¡Qué lanzado!», pensó ella.

–No lo creo, señor Palmer.

–Adrian –la corrigió él, con otra de aquellas seductoras sonrisas.

Sharni tenía que confesar que las atenciones de Adrian Palmer le resultaban muy halagadoras. También lo encontraba muy atractivo. Era lógico. Lo primero que le había atraído de Ray fue su físico. Su difunto esposo destacaba en medio de una multitud. Solo cuando habló con él se dio cuenta de lo tímido que era. Eso le había resultado atractivo en su momento. Sin embargo, en aquel instante de su vida seguramente se habría decidido por un hombre más seguro de sí mismo, más abierto. La clase de hombre que cuidaría de ella y no al revés.

No obstante, no estaba aún preparada para volver a salir con un hombre, y mucho menos con uno que era la viva imagen de su difunto esposo y que, además, era un avezado donjuán. Sharni sabía reconocer a un seductor en cuanto lo veía.

–No lo creo, Adrian –dijo fríamente–. Solo hemos acordado comer juntos. Lo tomas o lo dejas.

Él suspiró, pero, de algún modo, no sonó como un suspiro de derrota. Sharni sospechó más bien que ya estaba pensando en otra táctica de ataque.

La llegada del vino reavivó de nuevo la sonrisa en su hermoso rostro. Sharni se dijo que no debía beber demasiado. Hacía un año aproximadamente, había pasado por una época en la que había bebido demasiado. En el presente, limitaba muy estrictamente su consumo de alcohol, dado que le habían aconsejado que el alcohol no era bueno para la depresión, en la que caía de vez en cuando, cuando pensaba demasiado en lo mucho que había perdido. Todo había sido demasiado. Primero su esposo y, a continuación, el bebé de ambos...

–Un penique por tus pensamientos.

Sharni apretó los dientes y levantó la mirada. Entonces, tomó la copa de vino. «Al diablo con la sensatez», pensó. «Hoy necesito esta copa».

Adrian observó cómo ella se llevaba la copa a los labios y tomaba un buen trago.

–Valen mucho más que un penique –replicó ella.

–No estoy seguro de a qué te refieres.

Sharni dio otro trago de vino antes de responder.

–Estaba pensando en la indemnización que recibí de Ferrocarriles.

–Espero que te dieran una cantidad adecuada.

Ella lanzó una carcajada llena de amargura.

–No iban a hacerlo, por eso me busqué una abogada y los demandé.

–Bien hecho.

–Tuve mucha suerte. Mi abogada era maravillosa. Se sintió tan identificada con mi caso que me defendió *pro bono*.

–Eso no ocurre con frecuencia.

–Jordan fue muy amable conmigo.

Adrian la miró muy sorprendido.

–¿Te refieres a Jordan Gray de Stedley & Parkinsons?

Sharni se detuvo en seco cuando estaba a punto de tomar otro trago.

–Sí, claro. ¿Acaso conoces a Jordan?

–Está casada con Gino Bortelli, el empresario italiano que me encargó el diseño de este edificio. Se llama Bortelli Tower.

–¡Dios Santo! ¿Desde cuándo? Jordan no estaba casada cuando se ocupó de mi caso.

–Desde hace un año más o menos. Me parece que Gino y Jordan se conocían desde hacía años, pero volvieron a encontrarse por accidente cuando Gino vino aquí por negocios. Justo a tiempo, dado que Jordan estaba a punto de comprometerse con otro hombre. Bueno, en resumidas cuentas, ganó el amor verdadero. No hace mucho que han regresado de una larga luna de miel en Italia, pero no viven en Sidney, sino en Melbourne.

–¡Qué pena! Me habría encantado ver a Jordan.

–Puedo darte el número de teléfono de su casa si quieres.

–Oh, no... No me gustaría imponer mi presencia de ese modo. Después de todo, yo solo fui una clienta para ella. No entablamos amistad. Sin embargo, me alegra saber que está felizmente casada.

–Mucho. Gino y ella ya tienen un hijo. Se llama Joe.

–Estupendo –susurró ella. Se le nublaron los ojos durante un instante–. Me alegro mucho por ella.

–¿Qué indemnización logró sacar para ti, si no es indiscreción?

–Tres millones.

Adrian lanzó un silbido.

–¡Vaya! Una bonita suma. Espero que lo hayas invertido bien.

–Está a salvo.

Efectivamente, lo tenía en una cuenta bancaria que le reportaba un interés bastante razonable y que no le suponía riesgo alguno.

–¿Sigues viviendo en las Montañas Azules?

–Sí. En las afueras de Katoomba.

–Entonces, ¿has venido a Sidney solo de compras?

–No exactamente. Mi hermana creyó que yo necesitaba unas pequeñas vacaciones. Me regaló un fin de semana en un hotel de Sidney por mi cumpleaños.

–¿Quieres decir que tu cumpleaños es hoy? –preguntó Adrian. Ya tenía la excusa perfecta para invitarla a salir aquella tarde, si podía convencerla para ello, por supuesto.

–No. Mi cumpleaños fue hace unas pocas semanas.

–¿Cuántos cumpliste?

Ella le lanzó una mirada de desaprobación.

–Esa sí que es una pregunta grosera. Jamás se le debería preguntar la edad a una mujer.

–Yo creía que eso solo se aplicaba cuando alcanzaban los cuarenta –dijo él, con una sonrisa.

–En mi caso, no.

–Bien. ¿A qué te dedicas? ¿O acaso ya no trabajas?

–Soy ayudante de veterinario, pero ahora solo trabajo media jornada.

Adrian se preguntó el porqué. Evidentemente, no necesitaba dinero. Decidió que debía de ser para superar la muerte de su esposo. La aureola de tristeza que envolvía a Sharni le llegaba muy profundamente, al igual que su belleza. Todo resultaba muy misterioso. No recordaba haberse sentido nunca así. Sharni sacaba toda la galantería que había en él. Más que nada, ansiaba hacerla sonreír. Quería darle placer.

«Más bien darte placer a ti», le dijo una sarcástica voz interior. «Quieres llevártela a la cama. De eso se trata. De eso se trata siempre contigo, Adrian».

Adrian frunció el ceño. Normalmente, habría estado de acuerdo, pero no en aquella ocasión. Aquella vez, algo era diferente. No quería seducir a Sharni, sino, más bien, tener la oportunidad de pasar más tiempo con ella. Quería conocerla. De verdad, no solo en la cama.

–Yo quería ser veterinaria –dijo ella–, pero las notas que tuve en el colegio no eran lo suficientemente buenas. Jamás se me dio muy bien estudiar. Soy una persona práctica.

–Yo no creo que importe lo que uno haga en la vida, mientras se disfrute con lo que se hace.

–Tú, evidentemente, disfrutas siendo arquitecto.

–¿Se nota?

–Pareces un hombre muy feliz.

–Me encanta mi trabajo –dijo–. Algunas personas dirían que demasiado.

Hasta su madre pensaba que era demasiado obsesivo. Sin embargo, así era él. Adrian jamás podía hacer las cosas a medias. Cuando algo le interesaba, se dejaba llevar por ello en cuerpo y alma. Y aquella mujer lo interesaba de un modo en el que ninguna otra mujer lo había interesado nunca.

En sí mismo, resultaba algo extraño. ¿Qué tenía Sharni Johnson que la convertía en una mujer tan interesante para él? Sí. Efectivamente era muy guapa, pero había conocido cientos de mujeres guapas. No era ni muy sexy ni muy sofisticada, como lo era Felicity.

Aparte de ser morena, Sharni era muy diferente a todas las mujeres que había conocido en el pasado. Todas ellas habían sido mujeres con estudios superiores a las que había conocido a través de su trabajo. Felicity era una de las mejores diseñadoras de interiores del país. Antes de ella, había habido un par de arquitectas, una abogada, una experta en informática y una directora de marketing. Ni una sola de ellas había sido una ayudante de veterinario que vivía en el campo y que se sonrojaba cuando la sorprendían mirando a un hombre.

–Me estás mirando fijamente –dijo ella, en voz baja.

Adrian sonrió.

–Bueno, eso nos deja empatados. Tú me has mirado mucho antes.

Ella se sonrojó inmediatamente.

–Sí, pero ya sabes por qué.

–¿Estás diciendo que solo me encuentras atractivo porque te recuerdo a tu esposo?

Sharni parpadeó muy sorprendida ante una afirmación tan directa.

–¿Quién ha dicho que yo te encuentro atractivo?

–Me lo han dicho tus ojos. Del mismo modo en el que yo te estoy diciendo que te encuentro a ti atractiva.

Sharni se sonrojó.

–Te ruego que no flirtees conmigo, Adrian.

–¿Por qué no?

–Porque... porque no sabría qué hacer.

–¿Me estás diciendo que soy el primer hombre en prestarte esta clase de atención desde que murió tu esposo?

–No he estado con ningún otro hombre desde Ray, si es eso lo que me estás preguntando. No salgo con hombres.

Aquella afirmación asombró a Adrian. Cinco años viviendo sola. Cinco años sin compañía masculina ni vida sexual de ningún tipo. No era algo natural. Ni saludable.

–Eso me resulta terriblemente triste, Sharni.

–La vida es triste –dijo ella, antes de tomar otro sorbo de vino.

–Esta noche vas a salir conmigo –afirmó Adrian.

Ella abrió los ojos de par en par y lo miró por encima del borde de la copa.

–¿Sí?

La entonación contenía la duda suficiente como para satisfacer por completo a Adrian.

–Por supuesto –replicó, justo en el momento en el que llegaba su comida.

Capítulo 4

CAFÉ o té? –preguntó Adrian.

Sharni levantó la mirada del plato, del que había devorado hasta la última miga de la tarta de almendras y ciruelas. Roland estaba de pie al lado de la mesa, esperando pacientemente su decisión.

–Café, por favor –dijo ella, después de limpiarse los labios con la delicada servilleta de lino blanco–. Un capuchino.

–Yo tomaré uno solo –le dijo Adrian al camarero, quien se marchó rápidamente para cumplir sus órdenes–. Bueno, ¿adónde te gustaría que te llevara esta noche?

Sharni suspiró. Tendría que haberse imaginado que Adrian volvería a insistir sobre aquel asunto tarde o temprano. Muy inteligentemente la había envuelto en una atmósfera de falsa seguridad a lo largo de la comida, dejando a un lado los comentarios seductores y llevando la conversación hacia temas más impersonales, como la gastronomía, la política o el tiempo.

En aquel momento, él estaba observándola una vez más, con una mirada turbadora e intensa en los ojos... Y tan halagadora...

Adrian tenía razón. Por supuesto que lo encontraba atractivo. ¿Cómo no? Sin embargo, la atracción no era solo algo físico, sino también el modo en el que le hacía sentirse, como si la considerara la mujer más fascinante del mundo.

No servía de nada fingir que no quería salir con él aquella noche, pero la perspectiva se veía acompañada por una cierta sensación de miedo. ¿Y si trataba de seducirla? ¿Y si lo conseguía?

Durante los últimos cinco años, Sharni había llevado una existencia sin sexo, como si aquella parte de su cuerpo hubiera desaparecido por completo. No había tenido el periodo desde que perdió a su bebé. Varios médicos le habían sugerido que su falta de actividad hormonal estaba causada por el shock y la pena. Si tenía que ser sincera, Sharni debía admitir que no había pensado en el sexo desde hacía mucho tiempo.

Sin embargo, de repente, no lo podía evitar. ¿Debía echarle la culpa al vino o a aquel hombre de increíble parecido con Ray?

Se había sentido sexualmente atraída por Ray desde el momento en el que lo vio, pero habían estado saliendo durante varias semanas antes de acostarse juntos. Incluso entonces, había sido ella la que dio el primer paso. La timidez de Ray era casi crónica.

El hombre que tenía frente a ella era todo lo contrario. Él sabría muy bien lo que tenía que hacer. Si por lo menos no se pareciera tanto a Ray...

–Podríamos cenar pronto y luego ir a un espectáculo –dijo él, rompiendo el silencio–. O ir primero a un espectáculo e ir a cenar después, si lo prefieres así. ¿Has visto *El fantasma de la Ópera*? Me refiero al musical, no a la película. Dicen que esta última adaptación es mucho mejor que todas las anteriores.

A Sharni siempre le había encantado la historia del fantasma, que le parecía francamente romántica. La música de Andrew Lloyd Webber le parecía también maravillosa y consideraba que reflejaba perfectamente las incontrolables pasiones que consumían al personaje principal.

–No –admitió–, pero...

–No hay peros, Sharni. Tu hermana te regaló un fin de semana en Sidney para que pudieras divertirte. No resulta demasiado divertido pasarse la tarde sentada a solas en una habitación de hotel, en especial si se trata de un sábado. Si aún te preocupa que yo sea un desconocido, puedo llamar a Jordan ahora mismo para que ella pueda hablarte sobre mí –añadió, al tiempo que sacaba un teléfono móvil plateado del bolsillo y lo abría.

–No, no es necesario –se apresuró ella a añadir–. Veo que no eres un bicho raro.

–Eso espero...

–Supongo que, efectivamente, no sería demasiado divertido estarme toda la noche sentada en mi habitación de hotel.

–¿Significa eso que vendrás conmigo?

–Me has convencido.

–¡Fantástico! –anunció él con una sonrisa.

Sharni sintió alas en el corazón y en el estómago. Cuando sonreía de aquel modo, Adrian era tan guapo...

–¿Qué me dices de lo de «El fantasma»? ¿Te apetece o preferirías ir a otro espectáculo? Tal vez una obra de teatro.

–No, no. Me encantan los musicales.

–¿Te gustaría que fuéramos a cenar antes o después?

–Creo que preferiría cenar después.

–Genial –dijo Adrian, con un brillo de satisfacción en sus maravillosos ojos azules–. Ahora, cuando terminemos el café, voy a llevarte al otro lado de la calle para que puedas ver bien este edificio, que es mi orgullo. Entonces, cuando te hayas quedado completamente impresionada con mi brillantez para diseñar la fachada de un edificio, te mostraré el interior.

–Tendrá que ser muy rápido –dijo ella–. Necesitaré algo de tiempo antes de que cierren las tiendas para comprarme un atuendo adecuado para esta noche. Esta mañana solo he comprado ropa informal.

–Si quieres, yo podría acompañarte.

–¿No tienes otra cosa que hacer esta tarde?

–En realidad, no. Terminé los planos de mi último proyecto ayer por la tarde y siempre me tomo un descanso entre proyectos.

–¿Durante cuánto tiempo?

–Al menos un día –respondió él riendo–. Bueno, ¿qué me dices? Tengo muy buen gusto para la ropa femenina.

–No me gusta ir de compras con nadie –afirmó ella–. Prefiero confiar en mis propias preferencias.

–Y veo que tus preferencias son muy acertadas –dijo él mirándola de arriba abajo.

Sharni no pudo evitar una sonrisa.

–Creo que eres un seductor incorregible.

–Y yo creo que a ti te vendría muy bien que te sedujeran. Ah, ya nos traen el café.

–Menos mal. Necesito tomar algo que me reanime un poco. Creo que estoy un poco bebida.

Aquella situación no era propia de ella, como tampoco lo era sentirse tan feliz.

Cuando terminaron el café, Adrian se encargó de la cuenta mientras que Sharni recogía sus cosas y se levantaba.

De repente, la cabeza comenzó a darle vueltas de un modo alarmante. No había duda al respecto. ¡Había bebido demasiado!

Capítulo 5

DIOS mío! –exclamó Sharni–. Es un edificio magnífico.

Estaban de pie, juntos, sobre la acera que había al otro lado de la calle. Adrian tenía en la mano las compras que ella había realizado mientras que Sharni se protegía los ojos de los rayos del sol y levantaba la mirada hacia la Bortelli Tower.

–Jamás me habría imaginado algo tan grande ni tan hermoso –dijo, con la voz llena de admiración–. Me encanta el color grisáceo del cristal que has utilizado.

–El fabricante lo denominó «cortina de humo». No deja pasar los rayos ultravioleta ni el frío ni el calor.

–Es precioso. Además, la forma hexagonal resulta de lo más inusual.

–A mí me gusta.

–Supongo, dado que tú lo has diseñado. ¿Cuántas plantas tiene?

–Veinticinco. Las diez primeras están destinadas a oficinas. Hay un gimnasio y una piscina cubierta en el piso once y, después, son apartamentos privados, con amplias terrazas para disfrutar de las vistas.

–Me apuesto algo a que serán muy caros.

–Lo son, pero Gino los vendió todos sobre plano.

–¡Vaya! Es increíble. ¿Y en qué planta vives tú?

–En la veinticinco.

–La veinticinco... ¿Vives en el ático?

–Sí. Formó parte del contrato que firmé con Gino cuando me encargó el proyecto.

–Pero un ático en el centro de Sidney tiene que valer una fortuna... No sabía que los arquitectos cobraran tanto dinero.

–Algunos sí –replicó Adrian, pensando en la cantidad de siete cifras que normalmente acompañaba a aquella clase de trabajo–. Además, Gino quiso que yo me encargara de la supervisión de la construcción del edificio, por lo que el ático fue algo extraordinario.

–¿Realizas a menudo esta clase de proyectos?

–A veces. Es maravilloso ver cómo mis proyectos toman forma, pero los de este tamaño requieren una dedicación casi completa. Por eso pude negociar un trato tan ventajoso para mí con este. Vamos. Crucemos de nuevo para que pueda llevarte arriba. Las vistas desde allí son maravillosas.

–¿Tardaremos mucho? –preguntó ella–. Van a ser las dos y media.

–Podríamos estar allí arriba en cinco minutos y volver a estar aquí abajo en quince. Todos los ascensores son los más veloces del mercado.

A pesar de todo, Sharni dudaba. Adrian comprendía por qué. Sharni era una buena chica y las buenas chicas no subían al apartamento de un hombre dos horas después de conocerlo.

–Te prometo que no trataré de seducirte, si es eso lo que estás pensando –afirmó–. Solo quiero mostrarte las vistas.

Aquello solo era verdad en parte. Lo que Adrian deseaba más era poder disponer de la oportunidad de pasar con ella un rato más. Ella le encantaba. Era una pena que Sharni no le fuera a permitir que la acompañara a hacer sus compras. Le habría encantado ayudarla a elegir el vestido para aquella noche. Tal vez un vestido negro, corto y sensual, con mangas ceñidas, falda estrecha y un escote profundo. Muy profundo. La clase de escote que necesita de un busto adecuado para lucirse. Un busto como el que tenía Sharni.

Adrian detuvo sus pensamientos cuando estos comenzaron a despertarle sensaciones en la entrepierna. Sensaciones muy sensuales. Menos mal que era invierno y que él llevaba puesta una cazadora.

–Vamos –dijo tomándola del brazo para llevarla hacia la puerta. Sharni no protestó–. Por aquí –añadió, indicándole el camino.

Mientras avanzaban, tuvieron que pasar frente a dos tiendas, una de las cuales era una exclusiva boutique de moda femenina. En el escaparate, un maniquí mostraba un atuendo absolutamente perfecto para ir al teatro. Constaba de una falda negra, que le caía en vaporosos pliegues hasta media pierna, acompañada de un top morado. Este iba adornado de cuentas y tenía mangas tres cuartos y un profundo escote cruzado que resultaba muy sexy.

Completaban el atuendo unos zapatos de tacón de casi quince centímetros.

–Oh –exclamó Sharni, parándose en seco delante del escaparate.

–Te sentaría muy bien –dijo Adrian inmediatamente.

–¿De verdad lo crees?

–Por supuesto –afirmó él–. Entremos para que puedas probártelo.

Capítulo 6

SHARNI se miró en el espejo que había en el probador y pensó que realmente estaba muy guapa. «Tal y como Adrian dijo que me sentaría».

No solo estaba guapa. Mientras se miraba de uno y otro lado, dejando que la falda de gasa negra se le enredara entre las piernas, pensó que estaba muy sexy.

«Me siento sexy».

¿Se debía aquello al vino que había tomado durante el almuerzo o acaso tenía que ver con el hecho de que la dependienta le había sugerido que se quitara el sujetador?

Sharni casi nunca prescindía de aquella prenda de ropa interior, a pesar de que no tenía los senos caídos. Jamás se había sentido inclinada a mostrar sus senos en público, sobre todo porque a Ray siempre le había gustado su conservadora forma de vestir.

¿Qué pensaría él si la viera vestida así? Sabía que él se quedaría atónito. Y que no dudaría en mostrarle su desaprobación.

Ella también estaba atónita, no por el aspecto que tenía, sino por el modo en el que se sentía.

Excitada hasta niveles casi insoportables.

Un suave golpe en la puerta del probador le hizo sentirse muy nerviosa.

–¿Sí?

–Su marido quiere que salga para que él pueda ver

cómo le sienta el vestido –le dijo la dependienta a través de la puerta.

Sharni debería haber negado que Adrian fuera su esposo. No lo hizo. En vez de eso, tragó saliva y abrió la puerta.

–Oh, no –dijo la dependienta al ver que salía descalza–. No puede usted salir así. Le traeré unos zapatos. ¿Qué número calza usted?

–Un treinta y ocho.

–En ese caso, creo que los del maniquí del escaparate le vienen bien. Espere. Iré a por ellos.

La dependienta le llevó los zapatos. Sharni tomó asiento para poder ponérselos. Los tacones eran de vértigo y resultaban muy sexys. Cada uno de ellos tenía una estrecha tira de piel sobre los dedos y dos más en la parte de atrás, que se enroscaban alrededor del tobillo para luego atarse en un lazo. Sharni no se había puesto en toda su vida algo parecido.

Al principio se tambaleó un poco cuando se puso de pie. Tuvo que dar unos pasos muy pequeños para llegar hasta el lugar en el que Adrian la estaba esperando, apoyado contra el mostrador de la boutique.

Al verla se incorporó. Entonces, entornó la mirada y la observó de la cabeza a los pies.

Ningún hombre la había mirado de aquel modo antes, ni siquiera Ray. La intensidad de aquella mirada la abrumó, haciéndole sentir que las rodillas eran de gelatina.

–Anda un poco –le ordenó él. Sharni sintió que los nervios le atenazaban el estómago.

Aquella no era una sensación desconocida para ella, pero los nervios que solía sentir se debían más bien a la ansiedad en vez de a la excitación. Cuando consiguió mantener el equilibrio, las caderas la sorprendieron meneándose de un modo muy sensual. El efecto de ese movimiento sobre su cerebro fue sorprendente. De repente, se sintió una *femme fatale*, una provocadora que conseguía que los ojos de todos los hombres se quedaran prendidos de ella. Sin embargo, en aquellos momentos, Sharni deseaba la atención de un único hombre. Y la tenía. Adrian no dejaba de observarla con un cierto brillo en los ojos azules que despertó un calor en ella que la hizo sentirse desvergonzada y vergonzosa al mismo tiempo.

–Ya te dije que te sentaría fenomenal –le dijo Adrian, con voz profunda.

Sharni sintió que se le aceleraba el corazón.

–Se lo queda –añadió él, dirigiéndose a la dependienta, antes de que Sharni hubiera tenido oportunidad de tomar una decisión.

–¿Los zapatos también? –le preguntó la muchacha a Adrian.

–Por supuesto –respondió él, con voz seca.

–No... no creo que me vuelva a poner estos zapatos –dijo ella, a pesar de lo mucho que le gustaban.

–Por supuesto que sí –replicó él–. Cada vez que te pongas ese vestido tan maravilloso. Ahora, ve a cambiarte como una buena chica mientras yo me ocupo de la cuenta.

Sharni se sonrojó con una extraña mezcla de placer y turbación.

–No voy a permitir que me pagues la ropa, Adrian –protestó–. No está bien.

–¿Qué es lo que no está bien? Yo me puedo permitir perfectamente unos pocos cientos de dólares.

–No se trata de eso...

Adrian sonrió. Entonces, extendió la mano y le acarició suavemente la nariz con un dedo.

–Muy bien, mi dulce Sharni –dijo–. Puedes pagarte tu ropa, pero esta es la última vez que pagas algo cuando estés conmigo. Ahora, ve a cambiarte, pero no tardes demasiado. Ahora que tienes algo adecuado para ponerte esta noche, no tienes que desperdiciar la tarde yendo de compras. La podemos pasar juntos, haciendo algo más interesante...

Mientras se cambiaba de ropa, Sharni decidió que Adrian era como una apisonadora. Sin embargo, resultaba muy excitante dejarse llevar de aquel modo.

¿Qué era lo que él tenía en mente para aquella tarde? Decidió que era mejor no pensar. Ni preocuparse por nada. Ni siquiera por saber qué era lo que a Adrian le interesaba de ella.

Después de todo, a un hombre como él no le faltarían mujeres a su alrededor, mucho más hermosas que ella.

Ese último pensamiento le dio a Sharni algo de lo que preocuparse. Seguramente, Adrian debía de tener una novia... De eso no le cabía la menor duda.

¿Debería preguntárselo y correr el riesgo de que aquello provocara el fin de la tarde que iban a pasar juntos o evitar hacerle pregunta alguna?

Aún estaba haciéndose esa pregunta cuando salió del probador.

La satisfacción que Adrian sentía por el modo en el que estaban yendo las cosas se difuminó temporalmente al ver la expresión que Sharni tenía en el rostro.

No le gustaba lo que ella pudiera estar pensando, pero no dijo ni una palabra mientras ella abonaba sus compras.

–Deja que lleve yo algo –le dijo ella cuando salieron de la tienda. Adrian llevaba todas las bolsas.

–Si quieres... –replicó él.

–Insisto –afirmó ella. Entonces, tomó las dos bolsas de la boutique.

Se dirigieron en silencio hacia la entrada principal de la torre.

–Por aquí –dijo Adrian cuando se disponían a atravesar las puertas automáticas. Entonces, por el cristal, vio que Sharni se había parado en seco y que aún tenía una mirada de preocupación en el rostro.

Apretó los dientes y, no sin cierta irritación, volvió a reunirse con ella en la acera.

–¿Qué pasa? –le preguntó.

–Yo... tengo que hacerte una pregunta.

–¿Qué?

–¿Existe alguien en tu vida a quien le molestaría que salieras conmigo esta noche?

–Te refieres a una novia.

–Así es –afirmó Sharni mirándolo fijamente a los ojos.

Adrian decidió que sería muy difícil mentirle a una mujer como ella. Afortunadamente, no tenía que hacerlo. Felicity ya no era su novia.

–Por supuesto que no.

Sharni frunció aún más si cabía el ceño.

–Yo... Me resulta difícil creer algo así.

La frustración que sintió Adrian se vio atemperada por el halago que contenía aquella afirmación.

–Ha habido alguien hasta hace muy poco –dijo, sin entrar en detalles sobre la duración exacta de tiempo–. Te puedo asegurar que nadie se molestará por el hecho de que yo salga contigo esta noche.

Ella suspiró de alivio.

–En ese caso, muy bien.

–¿Y si yo te hubiera dicho que sí que hay alguien? –preguntó Adrian, sin poder resistirse.

Comprendió perfectamente el gesto de indecisión que se reflejó en el rostro de Sharni porque expresaba completamente los sentimientos que él tenía hacia ella. Jamás en su vida había tenido unos sentimientos tan poderosos hacia una mujer a las pocas horas de conocerla. En el pasado, se había sentido atraído a primera vista. Sin embargo, lo que sentía hacia Sharni era mucho más que eso.

Aunque Sharni hubiera tenido un hombre en su vida, habría tratado de conquistarla.

–No tienes que responder –añadió, antes de que ella tratara de expresar con palabras sus atribulados pensamientos–. Ha sido una pregunta estúpida. Vamos. Quiero que subas mientras aún haya sol.

Capítulo 7

SHARNI trató de relajarse durante el viaje en ascensor al piso veinticinco, pero le resultó imposible. Desde el momento en el que se había paseado delante de Adrian con un vestido tan sensual, algo se había apoderado de ella, algo que había tratado de apartar cuando se puso la ropa con la que había entrado en la tienda, pero que había vuelto a resurgir con fuerza cuando descubrió que Adrian no tenía novia.

Ese algo era deseo. El deseo de que él la besara. De que la acariciara. De que le hiciera el amor.

Desde Ray, no había conocido a ningún hombre que le hiciera sentirse de aquella manera. Por supuesto, Adrian era idéntico a Ray, lo que podría explicar en parte lo que le estaba ocurriendo. Podría ser que su cuerpo estuviera reaccionando ante recuerdos del pasado.

Sin embargo, de algún modo, no se sentía convencida por esa explicación. El apetito sexual que consumía su cuerpo en aquellos momentos era mucho más intenso que lo que había sentido en cualquier momento con Ray. Cuando Adrian le preguntó que qué habría hecho ella si él le hubiera dicho que tenía novia, Sharni se había quedado atónita al comprender que hubiera subido a su apartamento de todas maneras.

Él le había prometido que no se le insinuaría en modo alguno, pero Sharni deseaba que lo hiciera. Desesperadamente.

El ascensor llegó al piso veinticinco en un abrir y cerrar de ojos. Sharni no tuvo oportunidad alguna de comprender el estado de excitación en el que se encontraba.

Cuando las puertas se abrieron, Sharni, que estaba muy tensa, siguió a Adrian y entró en un elegante recibidor de suelos de mármol, con un techo abovedado y una espectacular araña de estilo moderno iluminándolo todo. Enfrente, se veían unas puertas de cristal a través de las cuales se vislumbraba un enorme y elegante salón.

–Deja las bolsas aquí –sugirió Adrian, tras dejar él mismo las que llevaba bajo una mesa de cristal que había a su derecha.

Sharni hizo lo que él le había pedido e, inmediatamente, le preguntó dónde estaba el cuarto de baño. Había sentido una repentina y urgente necesidad de ir a visitarlo.

–Ese es el tocador de invitados –dijo él, indicando una puerta a la izquierda de Sharni–. Cuando hayas terminado, ve al salón y ponte cómoda. Yo me reuniré contigo en breve.

Dicho eso, Adrian desapareció a través de las puertas de cristal.

El tocador tenía todo lo que un ático tan elegante debía tener: suelos y paredes de mármol, elegantes sanitarios y grifos de oro.

Después de lavarse las manos, Sharni se pasó unos minutos peinándose y retocándose el lápiz de labios al tiempo que trataba de recuperar la compostura.

–Tengo el mismo aspecto de la chica que salió de la peluquería del hotel esta mañana –dijo mirándose al espejo–, pero no me siento la misma.

Conocer a Adrian la había cambiado de un modo

que aún era incapaz de apreciar o comprender. Lo único que Sharni sabía era que deseaba a Adrian de un modo en el que jamás había deseado a Ray.

Esa admisión le hizo sentir una fuerte sensación de culpabilidad. Había tenido una buena vida sexual con su esposo, quien había sido un amante considerado y amable. Además, lo había amado mucho.

A Adrian no lo amaba. Ni siquiera lo conocía. No se podía conocer a una persona en poco más de un par de horas. Sin duda, él le había estado presentando su mejor cara, impresionándola con su rapidez a la hora de tomar decisiones, con su encanto y, por supuesto, con las pruebas materiales de su éxito. ¿Qué chica no se sentiría impresionada por un millonario que tenía un ático en el centro de Sidney? Sin embargo, ¿explicaba todo aquello el deseo sexual que la consumía por dentro?

Sharni se echó a temblar al observar unos ojos demasiado brillantes y unas ruborizadas mejillas.

–¿Qué te está ocurriendo? –susurró.

Adrian estuvo esperando impacientemente en el salón a que la puerta del tocador se abriera. Al final, se quitó la cazadora y la colocó sobre el respaldo de una silla para comenzar a pasear de arriba abajo por el salón. Sharni se estaba tomando su tiempo. De eso no había duda.

Al final, la puerta se abrió. Ella se acercó a la mesa del vestíbulo para dejar el bolso y se dirigió lentamente hacia el salón.

Cuando las miradas de ambos se cruzaron, Adrian se arrepintió inmediatamente de haberle prometido que no iba a insinuársele. Maldita sea. ¿Por qué había tenido que escoger precisamente aquel día para comportarse como un caballero? Jamás lo había hecho antes, sobre todo cuando veía aquella mirada en los ojos de una mujer.

Sharni se sentía igual de atraída por él que Adrian hacia ella. De eso estaba seguro. Dada la situación, no había nada que pudiera detenerlos a ambos a la hora de actuar sobre la química que vibraba entre ellos. Los dos eran personas adultas. Los dos eran libres de hacer lo que les apeteciera.

Esos pensamientos echaron leña al fuego de la pasión que ya estaba ardiendo bajo el frío aspecto externo de Adrian. Ojalá no le hubiera hecho aquella promesa...

Cuando ella se le acercó, caminando hacia él con un ligero contoneo de caderas, Adrian sintió que las hormonas se le alborotaban aún más. El vientre se le contrajo cuando trató de controlar su creciente deseo. Se tranquilizó un poco al recordar que no había hecho promesa alguna sobre la noche. Solo tenía que esperar unas pocas horas para poder tomarla entre sus brazos y besarla hasta que ella perdiera el sentido.

–Tienes una casa muy bonita –dijo Sharni, por fin, mirando a su alrededor–. Seguramente te lo decoró un profesional.

–Mi acuerdo con Bortelli incluía la decoración –respondió él. La decoradora se llamaba Felicity. Así era como se habían conocido.

Francamente, no le encantaba lo que Felicity había hecho. La paleta de los colores empleados rayaba un poco en lo soso. Había utilizado más bien colores pálidos, neutros, con toques ocasionales de verde y amarillo.

Adrian le había dado plenos poderes porque él ya estaba centrado en su siguiente proyecto mientras Felicity le decoraba el ático. Desgraciadamente, le tocaba vivir con los resultados.

–Es precioso –comentó Sharni.

–No está mal –respondió él, con indiferencia–. Vamos. Ven a la terraza.

Adrian se dirigió a otra puerta de cristal, se echó ligeramente a un lado y la abrió. Sharni lo miró de reojo mientras pasaba a su lado. Su expresión era una atractiva mezcla de feminidad y miedo.

La piel de Adrian reaccionó excitadamente a ambas cosas, lo que le sorprendió bastante. ¿Por qué le excitaba que ella pudiera tener miedo? A menos que, por supuesto, no fuera de él de lo que estuviera asustada. ¿Y si tenía miedo de sí misma? ¿Y si ella, también, se veía abrumada por un deseo casi incontrolable?

Adrian salió a la terraza detrás de ella y trató de controlar el efecto que el torbellino de sus pensamientos estaba creando en su cuerpo y en su conciencia.

–¡Dios mío! –exclamó ella al ver la piscina, el jacuzzi y la vista.

Adrian sabía que era magnífica. La envidiable situación del ático proporcionaba una bella vista panorámica de Sidney, con los iconos de la ciudad claramente visibles desde allí: Harbour Bridge, la Ópera y el Jardín Botánico, todos los cuales estaban bañados por la suave luz del sol invernal.

Sin embargo, nada de todo aquello atraía la mirada de Adrian. Solo Sharni.

No servía de nada. No podía negar un deseo tan fuerte. Al diablo con su promesa. ¡Al diablo con todo!

Cuando se acercó a Sharni por la espalda y le colocó las manos posesivamente sobre los hombros, ella giró la cabeza para mirarlo con sus grandes ojos oscuros.

–Lo siento –dijo él, con voz ronca–, pero tengo que hacer esto.

Sharni se quedó atónita al sentir que él le daba la vuelta. La certeza de saber que él iba a besarla le produjo un profundo pánico. Sabía que, si él lo hacía, ella estaría perdida.

Le suplicó con los ojos que no lo hiciera, pero Adrian no prestó atención. Le deslizó la mano izquierda por debajo del cabello y la colocó sobre la nuca. Con la derecha, le agarró la barbilla y le sujetó el rostro para que no pudiera escapar a su boca.

Sharni separó los labios en un desesperado esfuerzo por articular una protesta, pero lo único que consiguió fue dejar la boca más vulnerable a sus ataques.

El beso distó mucho de ser dulce. No se pareció en nada a los besos de Ray. Los labios de Adrian se apretaron contra los de ella. Su beso le marcó la boca y el interior de la misma. Los movimientos de la lengua eran agresivos y profundamente sensuales. Muy pronto, Sharni sintió que la cabeza comenzaba a darle vueltas y que el corazón le latía con fuerza tras las costillas.

Un beso llevó a otro y luego a otro hasta que él apartó las manos del rostro y las apoyó sobre la espalda, apretándola con fuerza contra él. Sharni respondió rodeándole el cuello con los brazos, entrelazando los dedos y apretando hacia abajo para evitar que él levantara la cabeza. No quería que él dejara de besarla. Nunca.

Adrian no lo hizo. De algún modo, siguió besándola mientras la tomaba en brazos y la llevaba al interior de la vivienda. Cuando volvió a dejarla en el suelo, ya estaban en el dormitorio principal, el deseo que Sharni estaba experimentando iba más allá de los besos. Su cuerpo reclamaba un contacto más íntimo. Necesitaba sentirlo dentro de ella. Inmediatamente.

Apartó los ojos de los de él y centró la mirada en el cinturón de cuero negro que le ceñía la cintura. No le pareció que fuera desvergonzado desabrocharle aquel cinturón, sino simplemente necesario.

Los dedos eran torpes en su velocidad. También los de él. Juntos, se desnudaron de cintura para abajo. Su urgencia por poseerse no les otorgaba paciencia para desnudarse más de lo estrictamente necesario.

Cuando se hubieron quitado las ropas, ninguno de los dos se paró a pensar. Cayeron sobre la cama. Adrian estaba encima de ella. Sharni gritó cuando él la penetró bruscamente, un grito que reflejaba perfectamente su desesperada necesidad. No le importó que Adrian no se mostrara dulce o considerado. Quería que la devorara. Que la poseyera hasta el fondo una y otra vez.

Así lo hizo Adrian. Alocadamente. Sin piedad.

Fue un acto totalmente salvaje, sin raciocinio alguno. Una cópula potente y primitiva. Una expresión de lujuria en estado puro.

Alcanzaron juntos el orgasmo, una experiencia que Sharni jamás había experimentado antes. Durante un sorprendentemente largo espacio de tiempo, su cuerpo se vio sacudido por placeres gemelos: el de su propia carne sufriendo los espasmos de un éxtasis incontrolable y el de sentir cómo Adrian explotaba casi violentamente dentro de ella.

Las sensaciones fueron de lo más satisfactorias. De hecho, Sharni se sintió en el séptimo cielo... hasta que Adrian murmuró una maldición.

De repente, la realidad regresó al dormitorio de la mano de una palabra de cinco letras. Adrian acababa de nombrar precisamente lo que acababan de hacer.

Ella abrió los ojos y lo miró.

–Lo siento –susurró él.

Una fuerte sensación de vergüenza se apoderó de ella. Giró la cabeza.

–No hagas eso –dijo Adrian–. Lo que acabamos de hacer no es nada malo, Sharni. Alocado sí, dado que no he utilizado preservativo, pero no se trata de nada malo.

Ella lo miró presa de una fuerte conmoción. No se le había ocurrido pensar que no habían utilizado preservativo...

–Oh, Dios –sollozó, apretándose la mano contra la boca.

–Te prometo –se apresuró él a decir–, que normalmente practico el sexo seguro. Dios sabe lo que ha ocurrido ahora para que no fuera así, pero te aseguro que no me ha ocurrido antes. Las cosas se han desmandado un poco, pero no lo lamento, Sharni. Y tú tampoco deberías hacerlo. Lo necesitabas, Sharni. No puede ser bueno estar cinco años sin relaciones sexuales. El único problema que puede haber es que haya riesgo de que puedas quedarte embarazada. ¿Lo hay?

Sharni no podía hablar. Se limitó a negar con la cabeza.

–¿Estás segura de eso? –insistió él–. Me dijiste que hace cinco años que no estabas con un hombre, por lo que no creo que estés tomando la píldora, a menos que sea por razones médicas. ¿Es así?

Una vez más, ella negó con la cabeza.

–¿Cuándo tuviste el último periodo?

–Hace cinco... cinco años –susurró ella.

–¿Cinco años? –repitió él, muy asombrado.

Sharni se arrepintió de lo que había dicho. Tendría que explicarle muchas cosas y no quería.

–Yo... yo tengo que ir al cuarto de baño –tartamudeó. Entonces, meneó el trasero con la intención de que él saliera del interior de su cuerpo.

–Mentirosa –dijo él manteniéndose firmemente en su lugar–. Fuiste hace poco más de diez minutos. Lo que necesitas es quedarte exactamente donde estás hasta que yo esté preparado para volver a hacerte el amor... Esta vez durante más de treinta segundos.

Sharni parpadeó. ¿Otra vez? ¿De verdad creía que habría otra vez?

–Pero primero, quiero saber por qué hace cinco años que no tienes la regla –afirmó–. Supongo que está conectado de algún modo con la trágica muerte de tu esposo. ¿De qué se trata? ¿De algo relacionado con el estrés postraumático?

Sharni se quedó atónita por la intuición de Adrian, aunque solo fuera la mitad de la historia. Le alivió el hecho de no tener que explicarle con detalles su problema.

–Algo así –afirmó.

–¿Qué dicen los médicos? ¿Te pondrás mejor?

–Eso esperan. Con el tiempo.

–Es muy triste, Sharni. Seguramente ese es precisamente tu problema. Que llevas demasiados años sumida en la tristeza. Lo que necesitas es tener un poco de diversión en tu vida. Has empezado bien, retomando tu vida sexual, pero necesitas mucho más. Vamos –añadió, con un brillo perverso en los ojos–. Desnudémonos.

Sharni se quedó atónita cuando le agarró el jersey y se lo sacó por la cabeza.

–Mmm –susurró cuando vio el sujetador blanco que ella llevaba puesto. Era cómodo, pero no se podía decir que fuera una prenda muy sexy–. Esto tendrá que desaparecer. En el futuro, te ruego que te compres sujetadores que se abrochen por delante o, mejor aún, no te pongas sujetador. Desabróchatelo tú, ¿quieres?

El hecho de que él le pidiera que se quitara el sujetador marcó un momento clave. Si ella obedecía, significaría que aceptaba la situación y que pensaba que no tenía nada de malo tener relaciones sexuales con él.

Adrian le impidió tomar decisión alguna cuando, con un gesto impaciente, le deslizó las manos por la espalda y le desabrochó el sujetador. Sharni contuvo el aliento cuando notó que los senos se le quedaban al descubierto. Estaban tan henchidos por el placer que, sin mirarlo, sabía que los pezones estaban firmemente erguidos.

–Sí... –murmuró él, antes de dejar caer el sujetador al suelo–. En el futuro será mejor que no lleves sujetador, hermosa Sharni.

Al ver la forma en la que le miraba los pechos, Sharni sintió que la pasión volvía a apoderarse de ella. Ansiaba que Adrian se los tocara con la misma desesperación con la que había deseado sentirle dentro de ella unos minutos antes.

De hecho, aún seguía dentro de ella. Lo recordó cuando él le agarró con ímpetu las caderas y tiró de ella con fuerza al mismo tiempo que se colocaba de rodillas.

–Rodéame la cintura con las piernas –le ordenó.

Otro momento importante.

Imposible darle la espalda al placer que ella sabía que la esperaba con aquel hombre. Cuando lo obedeció, sintió que se le aceleraba el corazón. La cabeza comenzó a darle vueltas ante el pensamiento de ofrecer su cuerpo desnudo ante él como si fuera una virgen sobre el altar de los sacrificios.

Se sentía indefensa. Él podía tocarla a voluntad. Permaneció inmóvil, profundamente excitada, mientras él se desabrochaba los botones de la camisa y se la quitaba. Tenía la misma alfombra de rizos oscuros sobre el centro del pecho que Ray, pero Adrian era más corpulento y mucho más atlético, con músculos bien definidos en el vientre y en los brazos.

De hecho, parecía que era mucho más grande en todo. Solo había visto rápidamente la erección de Adrian cuando ella lo desnudó, pero le había bastado para ver que estaba circuncidado. Otra diferencia física. El hecho de encontrar diferencias le resultaba reconfortante.

–Deseaba tanto hacer esto... –susurró él mientras le acariciaba los senos.

Sharni se mordió el labio inferior para no gritar de placer. ¿Cómo era posible que un gesto tan sencillo la excitara tanto? Los pezones se le irguieron hasta convertirse en dos veces más grandes y más duros.

–Ven –musitó. Entonces, tiró de ella y la levantó de la cama, apoyándola sobre sus brazos mientras bajaba la cabeza hacia el pecho. En aquella ocasión, Sharni no pudo contenerse y gritó de placer cuando él comenzó a lamerle un pezón.

Dios...

Cuando se metió el pezón en la boca, los músculos de su interior se contrajeron potentemente.

Entonces, él levantó la cabeza de repente. Tenía los ojos oscuros y ardientes.

–Ya basta de eso –afirmó. Entonces, volvió a dejarla sobre la cama para empezar a tocarle sus partes más íntimas.

Sharni se quedó boquiabierta cuando las hábiles caricias de Adrian provocaron en ella sensaciones eléctricas. Muy pronto, solo pudo pensar en el ardiente placer que le proporcionaba la mano de Adrian y la deliciosa tensión que le atenazaba el cuerpo.

Cuando él se detuvo, Sharni no pudo reprimir un gemido agónico. Abrió los ojos y lo observó llena de asombro y frustración.

–He decidido que debes esperar un poco –explicó, con frialdad–. ¿Por qué precipitar las cosas? Tenemos toda la tarde. Vamos –añadió, levantándola de la cama–. Vayamos a darnos una deliciosa ducha juntos.

Capítulo 8

JANICE miró el reloj que tenía en la pared de la cocina. Las seis y diez. Entonces, observó con ira el teléfono, que llevaba en silencio todo el día.

–Voy a matar a esa hermana mía –gruñó mientras atacaba a las cebollas con un cuchillo sobre la tabla de cortar–. ¡Desagradecida! Cualquiera habría dicho que, por lo menos, llamaría.

Pete, el esposo de Janice, entró en aquel momento por la puerta. Al oír a su mujer, suspiró.

–Espero que te refieras a Sharni.

–¿Y a quién si no?

–Te preocupas demasiado por ella.

–Lo sé. No puedo evitarlo.

Pete se acercó a su esposa y le masajeó suavemente los hombros.

–¿Has probado a llamarla al móvil?

–Varias veces. Salta directamente el buzón de voz.

–¿Y en el hotel?

–Me han dicho que está fuera.

–En ese caso, debe de estar divirtiéndose.

–No estoy tan segura.

–Nunca se sabe, cariño.

–Espero que tengas razón –suspiró Janice. De repente, el teléfono empezó a sonar, lo que la sobresaltó profundamente.

–Seguramente será ella –comentó Pete.

–Eso espero –dijo Janice. Dejó el cuchillo y se precipitó sobre el supletorio de la cocina–. ¿Sí?

–Hola. Soy Sharni.

–¡Sharni! –exclamó Janice lanzando una mirada de alivio a su esposo. Este sonrió y se marchó al salón–. Estaba diciendo barbaridades sobre ti –añadió–. Por no llamarme, claro está.

–Lo siento... Yo... ¡Oh, Janice! No tienes ni idea de lo que me ha ocurrido hoy.

Janice no era capaz de discernir el tono de voz de su hermana. ¿Estaba emocionada o preocupada? Tal vez un poco de ambas cosas.

–Evidentemente, no. ¿Por qué no me lo cuentas?

–Yo... Me he pasado toda la tarde en la cama con un hombre –confesó Sharni.

El ensordecedor silencio que contestó a Sharni reflejó perfectamente su propio asombro ante un comportamiento tan poco característico de ella. Sharni siempre había confiado en su hermana mayor, por lo que Janice ya sabía que ella no era la clase de mujer que se metía en la cama con alguien a la ligera. Solo había tenido un novio formal antes de Ray y nadie desde entonces. No era propio de Sharni acostarse con un hombre a menos que pensara que estaba enamorada.

O no lo había sido hasta aquel momento...

–¿De verdad? –dijo Janice por fin, sorprendiendo a Sharni al no sonar demasiado escandalizada–. Bueno, te dije que te divirtieras en Sidney. No obstante, tengo que admitir que no me esperaba algo así. Bien. ¿Quién es ese casanova? ¿Cómo lo has conocido?

Sharni suspiró aliviada al ver que su hermana se estaba tomando tan bien la noticia.

–Se llama Adrian Palmer –dijo–. Es un arquitecto amigo de Jordan. ¿Te acuerdas de Jordan, mi abogada?

–Claro. Entonces, ya conocías a ese Adrian de antes, ¿no?

–Bueno... no –confesó Sharni–. En realidad... Yo... Resulta tan difícil explicarse...

–Inténtalo.

–Yo estaba en un restaurante, a punto de pedir algo para comer, cuando él entró.

–¿Y?

–Bueno, me pidió que le acompañara para almorzar.

–Lo que quieres decir es que ligó contigo.

–Bueno... más o menos. Primero se presentó adecuadamente y se ofreció a llamar a Jordan para que me diera prueba de su carácter.

–Mmm... Muy bien. Bueno, ¿cuánto vino tomaste con la comida?

–Unos dos tercios de una botella –confesó Sharni.

–Eso es bastante para una mujer que lleva mucho sin beber.

–Creo que no fue solo el vino, Janice, sino el hombre.

–¡Vaya! Debe de ser algo especial para seducirte tan rápidamente. ¿Adónde te llevó después de comer? ¿A tu hotel?

–No... Fuimos a su casa, pero no inmediatamente –dijo Sharni, para tratar de suavizar un poco lo ocurrido–. Primero fuimos de compras para buscar un vestido que yo me pueda poner esta noche. Me... me va a llevar a ver *El fantasma de la Ópera*.

–¡Vaya! Veo que va muy rápido. ¿Y después de las compras?

–Bueno... subimos a lo alto de un rascacielos que él

diseñó. Se llama Bortelli Tower. Adrian vive en el ático.

–¡En el ático nada menos! Esto cada vez se pone mejor.

Sharni se quedó algo perpleja. No parecía que a Janice le importara lo que había hecho. De hecho, parecía más bien... contenta.

–Supongo que, además de rico, es guapo.

–Bueno... Sí, mucho.

–Entonces, ¿qué diablos es lo que te preocupa tanto?

–Hay algo que no te he contado, Janice. ¡Es la viva imagen de Ray!

Janice lanzó un gruñido de desaprobación. Y ella que había creído que, por fin, Sharni se había lanzado a seguir adelante con su vida. Tendría que haberse imaginado que no sería así.

–Por favor, dime que no te has acostado con él solo para poder fingir que volvías a estar con Ray.

–¡No! Claro que no. Efectivamente, se parece mucho a Ray. Es asombroso, pero, en el carácter, son tan diferentes como el día y la noche. Lo que Adrian me hizo sentir cuando me besó... Janice, no se pareció en nada a lo que sentía cuando estaba con Ray. A decir verdad, aún sigo asombrada. Las cosas que he hecho con él, Janice... Me sonrojo solo de pensarlas.

Janice sonrió. Pobrecilla. Ray había sido un buen hombre, pero era muy tímido y carecía de seguridad en sí mismo. Evidentemente, el doble de Ray era todo lo contrario.

–¿Dónde estás ahora?

–De vuelta en mi hotel. Yo... Le dije que necesitaba

al menos dos horas para prepararme para nuestra cita de esta noche, pero la verdadera razón es que quería tener tiempo para pensar... y para llamarte a ti.

–Me alegro de que lo hayas hecho.

–¿Sabes una cosa? Creía que te enfadarías conmigo.

–En absoluto. Aunque sí estoy un poco sorprendida.

–Te aseguro que no tanto como yo. Aún sigo sin saber lo que ocurrió. No podía controlarme. Lo deseaba como una posesa. Y sigo deseándolo. ¿Qué me está ocurriendo, Janice?

–Tal vez te estás volviendo a enamorar.

–No, no. No se trata de amor. Es algo salvaje. Con Adrian, no soy yo misma. Me convierto en otra persona. En una desconocida a la que le vuelve loca el sexo.

–Nada de eso, Sharni. Simplemente eres una mujer de treinta años que ha estado sola demasiado tiempo.

–Eso fue lo que él me dijo.

–¿Le has hablado de Ray?

–Sí. De hecho, me sorprendió tanto su parecido con Adrian que, al ver que entraba en el restaurante, me dirigí a su mesa y le pregunté que si lo habían adoptado. Se me ocurrió que él podría ser el hermano gemelo de Ray.

–Sí, claro. Ray sí que fue adoptado...

–Sí.

–Supongo que Adrian no.

–No.

–Sin embargo, se debe de parecer mucho a Ray para hacerte pensar algo así –dijo Janice. Cada vez estaba más convencida de que aquella era la razón por la que Sharni se había acostado con él.

–Bueno, hay algunas diferencias físicas y no se parece en nada a Ray en el modo en el que camina. Es más...

–¿Seguro de sí mismo?

Sharni se echó a reír. Janice no había escuchado aquel sonido en labios de su hermana desde hacía algunos años.

–Yo había pensado más bien en arrogante y hábil...

–En especial en la cama.

–Sí...

–Pues a mí me parece que es precisamente lo que necesitabas.

–Eso me dijo él también.

–Mmm... Veo que le has hablado mucho de ti.

–Bueno, no le he contado todo...

Janice sabía perfectamente a lo que se refería su hermana. Al bebé. Sharni jamás podía hablar del bebé sin echarse a llorar...

–No hay necesidad de decirle eso –afirmó Janice–. Mira, Sharni. Esto seguramente no va a ser nada más que una aventura de fin de semana, por lo que no hace falta que le cuentes toda tu vida a ese hombre.

–Probablemente tengas razón.

–No pareces estar muy segura. ¿Crees que va en serio?

–No veo por qué iba a ser así. Un hombre como él... podría tener a cualquier mujer...

–No voy a permitirte que te menosprecies de ese modo. Eres una mujer muy hermosa, buena e inteligente. Cualquier hombre tendría suerte de tener una novia como tú.

–No eres imparcial.

–¡Claro que sí!

Cuando Sharni se echó de nuevo a reír, los ojos de

Janice se llenaron de lágrimas. Había creído que jamás volvería a oír reír a su hermana.

–Mira –dijo Janice, después de tragarse el nudo que le atenazaba la garganta–, ¿por qué no dejas de preocuparte, te relajas y disfrutas? No hay nada malo en tener un fin de semana salvaje con un hombre, siempre y cuando él se porte bien contigo. Y se porta bien, ¿verdad?

–Muy bien.

–En ese caso, sal con él esta noche y disfruta. Mantenme informada.

Sharni contuvo un gemido. Sabía perfectamente que iba a disfrutar aquella noche. No podía creerse que se hubiera tomado tantas libertades con su cuerpo. No había un centímetro que Adrian no hubiera explorado o con las manos o con la boca.

Se quedó boquiabierta al recordarse en la ducha con Adrian. Ella había apoyado las manos contra los azulejos mientras él estaba detrás de ella.

Su comportamiento había sido muy desvergonzado. Sin embargo, había disfrutado de cada instante. No tenía por qué negarlo.

La reacción de su hermana la tranquilizó. Janice no creía que lo que estaba haciendo estuviera mal. Y no esperaba que la aventura durara más allá del fin de semana.

Lógico. Deprimente también.

Si era sincera consigo misma, no quería que su aventura con Adrian terminara. Ni al día siguiente ni nunca. Mientras estaba entre sus brazos, no había recuerdos dolorosos. No había nada más que la pasión del momento y el placer más increíble.

Se echó a temblar y, entonces, miró el reloj. Las seis y veintisiete. Faltaba poco más de una hora para que volviera a estar a su lado.

Una hora para pensar en lo que su amante le haría más tarde aquella misma noche.

La hora más larga de toda su vida.

Capítulo 9

MIENTRAS recorría las dos últimas manzanas antes de llegar al hotel en el que Sharni estaba alojada, Adrian se sorprendió silbando. No recordaba cuándo había sido la última vez que se había sentido tan despreocupado ni tan alegre. Ciertamente, no en los últimos años.

Se había equivocado al pensar que podía ser feliz con su vida y su profesión. Acababa de comprender que su ascensión a la fama como uno de los mejores arquitectos de Sidney había tenido un precio. Había ido de proyecto en proyecto, sin tomarse vacaciones o comprometerse con nada que le llevara demasiado tiempo. Por eso, sus relaciones nunca duraban.

Felicity había estado en lo cierto al definirlo como un seductor adicto al trabajo. En eso era precisamente en lo que se había convertido. Se acostaba con una morena tras de otra durante los cortos periodos de tiempo que se permitía para salir con mujeres.

Sin embargo, desde que conoció a Sharni, la arquitectura había pasado por completo a un segundo plano. Su atención se había centrado principalmente en ella. No se cansaba de hacerle el amor, en especial tras darse cuenta de lo poco experimentada que estaba. Quería enseñárselo todo, hacerlo todo con ella.

Y ella se había dejado guiar.

En un par de ocasiones había dudado un poco, pero no le había durado.

En cuanto se marchó, comenzó a echarla de menos. Había añorado su cálida presencia, su suave voz, su dulce sonrisa...

Tras ducharse, afeitarse y vestirse con considerable rapidez, se había dirigido hacia el hotel. Iba a llegar unos quince minutos antes de lo que habían acordado. ¿Y qué? Tenía que volver a verla, volver a besarla.

Probablemente sería mejor no besarla demasiado. De hecho, pensar en besarla no era buena idea.

De repente, Adrian sintió que la sangre se le caldeaba en las venas y que, en cuestión de segundos, tenía una erección firme como una roca. El hecho de pensar que iban a pasarse toda la noche sentados en el teatro le resultaba insoportable.

Apretó los dientes. Tenía que pensar en otra cosa...

Cuando por fin llegó al hotel, subió los peldaños de la escalera de entrada de dos en dos.

–Perdone –le dijo el encargado de recepción al verlo atravesar el vestíbulo–. ¿Va usted a visitar a un huésped? Si es así, necesito saber a quién y si esa persona lo está esperando.

–Voy a ver a Sharni Johnson –replicó él, sin detenerse–. En la habitación diecinueve. Y, sí, me espera.

Sharni estaba en el cuarto de baño cuando oyó que alguien llamaba a la puerta. El sonido le provocó una descarga de adrenalina por su excitado cuerpo.

¡Adrian llegaba antes de la hora!

Con el corazón latiéndole a toda velocidad, se dirigió a la puerta. El sorprendente parecido de Adrian con Ray la dejó, una vez más, atónita.

No obstante, Ray jamás había tenido un traje gris perla como el que Adrian llevaba puesto. Decía a gritos que estaba firmado por un diseñador, al igual que la camisa de seda malva y la corbata morada. No había muchos hombres que pudieran ponerse unos colores tan vivos sin parecer gays, pero Adrian sí podía.

–Ya casi estoy lista... Llegas pronto.

Adrian no dijo ni una sola palabra. Se limitó a mirarla. Entonces, la tomó entre sus brazos y la besó con una pasión que hizo que la tierra retumbara bajo los pies de Sharni. Cuando levantó la cabeza, habían entrado ya en la habitación y, de algún modo, la puerta se encontraba cerrada.

–Lo siento –susurró él–. No quería hacer eso. Es todo culpa tuya, ¿sabes? Me haces unas cosas...

–Y tú me las haces peores a mí –replicó ella, sin poder contenerse.

–Te aseguro que ahora me gustaría... Tengo que poseerte, Sharni. Ahora mismo. Aún tenemos tiempo. ¿Te importaría?

¿Importarle? ¡Se moriría si no ocurría!

Cuando se sonrojó, Adrian lanzó un gruñido.

–Debes de creer que soy un animal. Ni siquiera te he dicho lo hermosa que estás. Y es cierto... Pero diablos, Sharni, no tengo tiempo de galanterías. Mira cómo estoy. Tócame –le dijo, apretando la mano de ella contra su erección–. No puedo esperar hasta más tarde. Te prometo que no te estropearé el cabello ni nada. Lo haremos como lo hicimos en la ducha. ¿Te acuerdas?

Sharni asintió. La respiración se le aceleró con el recuerdo.

–Esto nos servirá –le dijo él, llevándola al escritorio que había en un rincón–. Agárrate aquí –le ordenó colocándole las manos sobre el respaldo de la silla–. E inclínate un poco hacia delante.

Sharni sintió que se le aceleraba el pulso mientras se disponía a obedecer. El corazón se le detuvo cuando él le levantó la falda y le bajó las medias y la ropa interior lo justo para dejar al descubierto el trasero.

–Tan hermoso –musitó mientras se lo acariciaba.

Sharni se agarró con fuerza a la silla.

Adrian siempre hablaba durante el acto sexual, bien para darle órdenes o dedicarle cumplidos. Ambas cosas volvían a Sharni loca de deseo.

–No –le dijo cuando ella trató de separar un poco las piernas–. Déjalas juntas.

Sharni gimió de placer cuando la penetró. Quería apretarse contra él para profundizar aún más el contacto, pero él le sujetó las caderas con fuerza mientras se deslizaba dentro y fuera de ella. Gradualmente, fue hundiéndose más y más profundamente dentro de ella.

–Todavía no, dulce Sharni –le susurró cuando sintió que los muslos de ella comenzaban a temblar–. Espera. Espera...

Sharni no podía esperar. No podía pensar. Volvía a estar fuera de control. Era una víctima indefensa de la pasión del momento. Alcanzó el clímax rápidamente, igual que él. Se vertió en Sharni durante mucho tiempo.

Cuando los cuerpos de ambos se calmaron por fin, él la incorporó y gruñó mientras le deslizaba las manos por debajo del escote para agarrarle los erotizados senos.

–No tenemos por qué ir al teatro –le sugirió él con voz ronca–. Podríamos quedarnos aquí...

La tentación era demasiado intensa, pero, en un momento crucial, Sharni vio la imagen de ambos en el cristal de la ventana.

–Yo... creo que deberíamos irnos al teatro –dijo, abrumada por la decadencia de aquella imagen.

–Si insistes... –replicó él. Sin embargo, no hizo ademán alguno de soltarla.

Sharni tragó saliva.

–Yo... tengo que ir al cuarto de baño, Adrian. Por favor, suéltame.

Cuando él la dejó marcharse, Sharni se dirigió rápidamente al cuarto de baño. Diez minutos más tarde, salió tras haberse colocado la ropa y haberse pintado de nuevo los labios. A pesar de todo, se sentía como una mujer que había devorado demasiado en un día.

–No estás enfadada conmigo, ¿verdad? –dijo él mientras se dirigían hacia la escalera.

–¿Y por qué iba a estarlo? Podría haberte dicho que no.

Eso no era cierto. Sharni no podía negarle nada, y mucho menos cuando empezaba a hacerle el amor. Ella jamás había tenido que enfrentarse a una pasión incontrolada. El sexo con Ray jamás había sido tan urgente.

–Sé qué es lo que te preocupa –declaró él cuando llegaron al pie de las escaleras.

–¿Y qué te hace pensar que me preocupa algo?

–Venga ya, Sharni –dijo él, tras soltar una carcajada–. Tu rostro es un libro abierto. Sin embargo, puedes confiar en mí si te digo que no te estoy utilizando solo por el sexo.

Sharni se paró en seco y lo miró fijamente. Ese pensamiento jamás se le había pasado por la cabeza. Había estado demasiado ocupada preguntándose por su escandaloso comportamiento. Cuando él levantó la mano para acariciarle suavemente la mejilla, le dio un vuelco el corazón.

–Desde el momento en el que nos conocimos, sabía que ibas a ser alguien especial en mi vida.

El alivio se apoderó de Sharni. Janice se había equivocado. Adrian no quería solo una aventura de fin de semana. Parecía querer una relación de verdad. La perspectiva le resultaba tan excitante como inesperada.

–Podría decir más –dijo, tras darle un beso en la mejilla–, pero si no nos damos prisa, llegaremos tarde. Vamos, querida mía –añadió tomándola de la mano–. El Fantasma nos espera.

Capítulo 10

MIENTRAS el taxi avanzaba por las calles de la ciudad, Sharni no podía dejar de pensar que Adrian de verdad sentía algo por ella. El sexo incontrolado y la pasión desatada, que en principio habían sido un gran problema para ella, de repente parecían estar plenamente justificados. El hecho de que Adrian le tuviera agarrada la mano le producía una cálida y vibrante sensación en el estómago. Su presencia le resultaba protectora en vez de provocativa.

Ella no habló. Se limitó a apoyar la cabeza sobre el hombro de Adrian.

Llegaron al teatro justo a tiempo. El telón se levantó a los pocos segundos de que se sentaran, lo que no dejó que Sharni le preguntara a Adrian cómo había podido conseguir entradas en el último momento. Cuando el espectáculo empezó, se sintió tan cautivada, tan metida en él, que no existía nada para ella a excepción de lo que se estaba representando en el escenario.

Muy pronto resultó evidente por qué aquel musical era tan popular en todo el mundo. La combinación de romance agridulce con magníficas canciones y escenarios de esplendor visual componían una fórmula segura para el éxito. Los toques de humor eran geniales también. Sharni no pudo reprimir una carcajada en varias ocasiones.

El intermedio le molestó profundamente. No quería

que la historia se interrumpiera. Quería verla hasta el final de una sentada. No obstante, no le quedó elección cuando el telón se cerró y las luces se encendieron. Solo entonces fue cuando se dio cuenta de los buenos asientos que tenían, justo en el medio de la primera fila del palco principal. Sin embargo, Adrian le había propuesto ir al teatro hacía solo unas pocas horas.

–¿Cómo es posible que hayas conseguido unos asientos tan buenos? –le preguntó ella–. ¿Ha sido solo cuestión de suerte?

–Contactos, cariño mío –le dijo él, encantando a Sharni con aquel apelativo–. Yo estuve a cargo de la remodelación de este teatro. El dueño quedó tan encantado que me concedió acceso permanente a sus asientos reservados cuando él no los necesitara. En estos momentos está fuera, por lo que supongo que hemos tenido un poco de suerte para poder estar aquí, aunque se podría decir que la suerte de uno mejora con el trabajo duro. Te aseguro que fue muy difícil convertir un teatrucho en lo que estás viendo ahora.

–Es precioso –afirmó ella mirando a su alrededor–. Lo mejor de todo son los asientos. Me encanta el cuero negro. La mayoría de los teatros tienen sencillamente unos asientos horribles.

–Sí, lo sé –replicó Adrian–. Yo también he tenido que sufrirlos. Tengo un amigo que diseñó estos pensando en la máxima comodidad y los encargó en especial para este teatro. El cuero es el más suave que había disponible.

–Debieron de costar una pequeña fortuna.

–El dueño recuperará los costes con los espectadores que vengan a ver sus espectáculos una y otra vez. También me aseguré de que hubiera un bar adecuado en el que las personas pudieran adquirir sus bebidas rápidamente durante el intermedio en vez de hacer largas colas y luego ver cómo se les derramaban tratando de atravesar la multitud que tenían detrás. Ven. Te lo mostraré y pediré un par de copas de champán al mismo tiempo.

Adrian tenía razón. El bar era enorme y muy acomodado a las necesidades del usuario. Había un gran número de camareros sirviendo las bebidas. La decoración era elegante y exquisita.

–¿Qué te había dicho? –le preguntó Adrian mientras le entregaba una copa de champán–. Muy rápido todo. Además, el vino es de calidad, no un mosto barato.

–Yo probablemente no notaría la diferencia –admitió ella, con una sonrisa.

–Seguro que sí cuando sintieras un fuerte dolor de cabeza. Y eso es algo que no queremos esta noche.

Sus miradas se cruzaron. Sharni trató de no sonrojarse, pero no lo consiguió. Adrian se inclinó sobre ella y la besó en la sonrojada mejilla.

–Me encanta cuando haces eso –susurró él.

–¡Vaya, vaya, vaya!

Adrian se quedó completamente inmóvil al oír aquellas palabras. Maldición. Era Felicity.

Sintió que se le hacía un nudo en el estómago y, lentamente, se dio la vuelta. Sabía que la escena que se iba a producir a continuación no iba a ser agradable.

–Qué rápido incluso para ti, tesoro –dijo ella con ironía en la voz–. ¿O acaso fue ella la razón por la que llegaste tan tarde a nuestra cita de anoche? Se nota que ya te la estás tirando, así que no lo niegues. Ya se ha acostado contigo, ¿verdad, guapa? –le preguntó a una asombrada Sharni–. Sí, por supuesto que sí. Y, por lo que parece, lo está haciendo muy bien. A Adrian se le da muy bien el sexo. Es decir, cuando tiene tiempo.

Adrian tuvo que contener una maldición. De todos los teatros de Sidney, Felicity había tenido que acudir precisamente a aquel. Aquella noche. A un espectáculo que tenía las entradas agotadas desde hacía meses.

Aquel misterio se resolvió en parte cuando un hombre maduro de buen aspecto se acercó a Felicity con dos copas en las manos y el ceño fruncido en el rostro.

–Creo que eras tú quien tenía a alguien en la recámara, cielo –replicó Adrian–. Y está justo detrás de ti.

Felicity ni siquiera parpadeó.

–No te pensarás que yo me quedé en casa todas las noches que me diste plantón, ¿verdad? Kevin lleva años enamorado de mí. Algo que tú ni siquiera conoces.

–Felicity, cariño –dijo Kevin.

–Voy enseguida –replicó ella. Entonces, miró con burla a Sharni–. Antes de que te metas demasiado en lo que te está ocurriendo, deberías saber que a Adrian le vuelven loco las morenas. Si estás pensando que eres especial, estás muy equivocada. Hazte un favor, guapa, y búscate a un hombre que te quiera, y no a este canalla obsesionado consigo mismo.

Una vez dicho eso, Felicity se dio la vuelta y se marchó con Kevin. Cuando Adrian se volvió para mirar a Sharni, vio que ella lo estaba mirando de un modo que dejaba muy claro cómo se sentía.

–Sharni, cariño...

–No. No me llames así.

–Deja que te explique.

–No hay nada que explicar. No soy estúpida, ¿sabes? Lo he comprendido todo perfectamente.

–Lo que has comprendido es una verdad a medias. Felicity es una zorra.

–¿De verdad? Muy bien. En ese caso, respóndeme a una serie de sencillas preguntas. ¿Tuviste una cita con ella anoche?

–Sí, pero...

–Con que respondas sí me vale –le interrumpió Sharni–. Te ha dejado, ¿verdad? Porque llegaste tarde.

Adrian suspiró.

–Sí, pero...

–Entonces, cuando me dijiste que no había ninguna mujer a la que pudiera molestarle que salieras conmigo esta noche, me mentiste.

–No creí que se lo tomara tan mal. Todo ha terminado entre nosotros. Todo. Durante los últimos meses, solo hemos salido tres o cuatro veces. Hace al menos dos semanas desde la última vez que me acosté con ella.

–¡Madre mía! Dos semanas enteras. Qué eternidad. ¿Es cierto que te vuelven loco las morenas?

A Adrian no le gustaba que lo acorralaran. ¿Por qué no le permitía Sharni que se explicara en vez de hacerle todas aquellas preguntas envenenadas?

–Mira, todos tenemos un tipo físico que es el que nos atrae. Tú misma has dicho lo mucho que yo me parezco a tu difunto esposo. Así funciona la química entre hombres y mujeres. Solo porque tú seas morena no significa que no seas especial para mí. No dejes que el odio de Felicity estropee las cosas entre nosotros, Sharni.

Ella comenzó a sacudir la cabeza, como si no comprendiera lo que él le estaba diciendo.

Cuando escucharon la señal de que la representación iba a reanudarse de nuevo, ella le entregó su copa.

–No iba a funcionar de todos modos. Fui una estúpida al pensar que podría ser así. Es mejor que terminemos ahora mismo.

–¡No! –exclamó él tan fieramente que varias personas se volvieron a mirarlos.

–Sí –afirmó ella–. Se ha terminado, Adrian. Por favor, no hagas una escena.

–Regresa conmigo a nuestros asientos para ver la segunda parte del espectáculo –dijo él, desesperado por convencerla para que se quedara. Lo único que necesitaba era tiempo para hacerle ver que las cosas eran muy diferentes.

–No lo entiendes, ¿verdad? –repuso ella–. Tu exnovia tenía razón. Eres un canalla obsesionado por sí mismo, Adrian Palmer. Ahora, apártate de mi camino. Voy a regresar a mi hotel. Yo sola. No intentes seguirme. No intentes ponerte en contacto conmigo. Estoy segura de que ya te han dicho esto mismo varias mujeres a lo largo de los años, pero yo voy a añadir algo más. ¡No quiero volverte a ver nunca, nunca más!

Capítulo 11

TRANQUILÍZATE, Sharni. –
No puedo –replicó ella, sollozando sobre el teléfono–. Me gustaría matarlo.

–Lo que te gustaría es no haber tenido que conocer a su exnovia esta noche. Así, seguirías en el teatro, divirtiéndote. La ignorancia es una bendición, en especial con hombres como ese Adrian.

–Tú sabías que era un seductor, ¿verdad?

–Sabía que no se andaba por las ramas. Eso normalmente va de la mano de los seductores.

Sharni lanzó un gruñido.

–Me dijo que yo era especial.

–Y lo eres.

–Me llamó «cariño»...

–Y te lo mereces.

–Yo creía que verdaderamente le importaba. ¡Oh, Janice! Creo que no voy a poder olvidarlo.

–¿Tan bueno era?

–¿Cómo dices?

–En la cama.

En la cama y fuera de ella. Al ver la silla situada junto al escritorio, agarró con fuerza el teléfono. La vergüenza se apoderó de ella al darse cuenta de lo fácil que había sido para él. No era de extrañar que no hubiera querido perderla aquella noche. Seguramente estaba deseando tener una noche entera de sexo.

–No es el fin del mundo, cielo –le dijo su hermana–. Cuando hayas conseguido superar tu indignación, verás que ese hombre ha sido en realidad muy bueno para ti.

–¡Bueno para mí! ¿Cómo puedes decir eso?

–Fácilmente. No solo te ha hecho divertirte con un sexo fantástico, sino que también te ha hecho reír, y eso es algo que no hacías desde mucho tiempo atrás.

–También me ha hecho llorar.

–Han sido lágrimas de rabia más que de verdadero dolor.

–¿De verdad lo crees?

–Te ha hecho sentirte como una estúpida. A ninguna mujer le gusta eso.

Era cierto. Sin embargo, también le había hecho sentirse hermosa, sexy, especial y, sobre todo, amada.

Eso había sido la peor traición de todas. Podría haber superado el hecho de que él hubiera tenido novia hasta el día de antes de conocerla si hubiera mantenido el fin de semana dentro de unos márgenes estrictamente sexuales.

No había sido así. Le había hecho creer algo más. Había tenido que hacerle creer que podrían tener un futuro juntos. Eso había sido cruel e innecesario.

De repente, comprendió lo terriblemente ingenua que era respecto a los hombres. Ingenua y estúpida.

Su relación con Adrian le recordó otra lección que había aprendido en los últimos cinco años. No se podía confiar en que las personas fueran justas, decentes o sinceras. El mundo era un lugar injusto. La vida también lo era.

A pesar de eso, todo seguía adelante. El sol saldría al día siguiente y ella tendría que encontrar el valor suficiente para seguir adelante. Y para marcharse a casa, lo que tendría que hacer a primera hora de la mañana del día siguiente.

No se podía quedar en Sidney. ¿Y si Adrian trataba de ponerse en contacto con ella al día siguiente? ¿Y si se presentaba en su puerta?

No podría estar segura de que no lo hiciera. Se veía que era la clase de hombre que no aceptaba una negativa con facilidad. La había seguido hasta el exterior del teatro y se había quedado observándola mientras ella se metía en un taxi. Cuando ella se volvió para mirarlo a través de la ventanilla trasera, Adrian le devolvió la mirada con una expresión más frustrada que derrotada. Probablemente aún creía posible que pudiera hacerle cambiar de opinión una vez que ella se hubiera calmado.

Sharni no podía confiar en sí misma.

–¿Te ofenderías si yo regresara a casa antes de lo previsto? –le preguntó a su hermana.

Janice suspiró.

–Supongo que no, pero no quiero que te quedes sola pensando.

–Te prometo que no voy a pensar en nada. Tengo que limpiar la casa. Es lo que voy a hacer.

–¿Por qué no te vienes aquí en vez de irte a tu casa? Quédate un par de días con nosotros.

–No puedo. Tengo que ir mañana a recoger a Mozart. Sé que lo estará pasando muy mal.

–Pobre perrito... Creo que le vendría bien un cambio de aires. Nosotros nos podríamos quedar con él. Los chicos siempre han querido un perro.

–No. No podría hacer algo así, Janice. Es lo único que me queda de Ray.

–Mmm... ¿Tienes una cita con el doctor Flynn esta semana?

–No. He bajado a una vez cada tres semanas ahora. Mira, te aseguro que no voy a hacer ninguna estupidez si es eso lo que estás pensando. Esta semana ya he utilizado toda mi reserva de estupidez.

–No hables así...

–¿Cómo?

–A la defensiva. ¿No te das cuenta de que estoy preocupada por ti?

–No hay necesidad. Estoy bien.

Janice suspiró al otro lado de la línea telefónica, lo que hizo que Sharni se sintiera muy culpable. Tenía la costumbre de decir que se encontraba bien cuando distaba mucho de estarlo.

–Te llamaré mañana por la noche –le prometió.

–Eso espero.

–Te quiero.

–Y yo también te quiero a ti.

Sharni colgó, se tumbó en la cama y miró al techo. Veinticuatro horas antes, había estado temiendo aquella escapada a Sidney. En aquellos momentos temía tener que marcharse a su casa, temía mirar las fotografías de Ray repartidas por toda la casa y pensar, no en él, sino en su doble.

Una parte de ella se sentía culpable por lo que había hecho, como si hubiera traicionado la memoria de su esposo. Sin embargo, el sentimiento más fuerte era el de desesperación ante la posibilidad de no volver a sentir lo que había experimentado cuando Adrian le había hecho el amor.

Con un sollozo ahogado, Sharni se tumbó boca abajo y comenzó a llorar.

Capítulo 12

EL VIAJE en tren del día siguiente no le causó un ataque de ansiedad. El hecho de pasarse casi toda la noche anterior llorando había dejado a Sharni demasiado cansada para nada que no fuera estar sentada, mirando distraídamente por la ventana.

Sabía que tenía un aspecto horroroso, con los ojos hinchados y ojeras. ¿A quién le importaba? No conocía a nadie en aquel vagón que, además, estaba prácticamente vacío.

A mitad de camino, comenzó a llover. Sharni hizo un gesto de dolor al darse cuenta de que la casa iba a estar completamente helada. Aunque encendiera los radiadores en cuanto llegara, al menos pasaría una hora antes de que el interior de la vivienda alcanzara una temperatura agradable.

Sabía que debía vender la casa y mudarse. Aunque no sacara mucho por una casa pequeña a las afueras de Katoomba, tenía dinero más que suficiente para comprarse una casa cerca de la de su hermana, en Swansea.

Aparte del beneficio que le produciría la cercanía de su hermana, el tiempo era mucho mejor en la costa y, además, estaba la playa. A Sharni le gustaba. Había pasado su infancia cerca de una.

Janice le había dicho que se fuera a vivir cerca de ella en varias ocasiones, pero ella siempre se había negado, diciendo que no podría soportar dejar la casa que

Ray y ella habían hecho juntos. Sharni acababa de comprender que aquello era solo una patética excusa. La verdad era que había estado demasiado deprimida como para tomar decisión alguna y mucho menos una tan importante como vender su casa y mudarse.

De repente, no podía esperar.

Se incorporó en su asiento. La idea de limpiar la casa tendría por fin un objetivo. Ella misma tendría por fin un objetivo.

En aquel mismo instante el tren se detuvo en la estación. Sharni agarró sus cosas y se bajó. Se moría de ganas de llegar a su casa y comenzar con su tarea.

Tenía su coche estacionado en el aparcamiento de la estación. Tardó cinco minutos en recorrer los dos kilómetros que separaban la estación de su casa, que estaba situada al final de una calle estrecha y mal pavimentada.

Sharni frunció el ceño al llegar frente a su casa. Tal vez se debía solo a la lluvia, pero su hogar tenía un aspecto terrible. Como si hubiera estado deshabitada desde hacía años.

–Y así ha sido –musitó al comprobar con asombro las pruebas de su dejadez.

Había malas hierbas creciendo en los desagües y los muros exteriores necesitaban una buena capa de pintura. El jardín estaba sin arreglar y hacía meses que no se había cortado el césped.

Cuando Ray vivía, no había sido así. La casa era preciosa, como sacada de una película romántica, con una valla pintada de blanco y rosas subiendo por el arco de hierro que enmarcaba los escalones de entrada. En aquellos momentos, la valla tenía un color mohoso y gris y varios de los palos estaban sueltos. En cuanto a las rosas trepadoras... Se habían muerto porque a ella se le había olvidado regarlas.

Sharni admitió que a Ray le habría destrozado ver la casa en aquel estado.

–Oh, Ray, lo siento... Todo. Te he defraudado.

Sin embargo, en vez de sucumbir a otro ataque de llanto, se juró hacer algo al respecto. Sabía pintar, ¿no? Y también arrancar hierbas y cortar el césped. Dado que estaba lloviendo, tal vez no podría hacerlo aquel mismo día, pero podía ocuparse del interior, que sospechaba que estaba tan abandonado como el exterior de la casa.

Aunque no sirviera de nada, aquella actividad le valdría de distracción para no pensar en un hombre en particular.

Con las llaves en la mano, Sharni se bajó del coche y se dirigió corriendo al porche para no mojarse.

–Ya iba siendo hora –musitó Adrian, cuando llegó por fin a Katoomba poco después de las tres de la tarde.

El trayecto en coche había sido difícil, complicado por la continua lluvia y las curvas que requerían una atención constante. De no haber sido así, su carísimo Corvette de color amarillo habría terminado cayendo por un acantilado o chocándose contra otro coche.

Era un alivio saber que Sharni se había marchado en tren a su casa. Aquella era la única información que había conseguido sacarle al conserje del hotel.

–Lo siento, señor –le había dicho, cuando Adrian le pidió la dirección o el número de teléfono de Sharni–. La señorita me pidió que no le diera detalles personales sobre ella a nadie.

La respuesta provocó que Adrian sintiera una profunda frustración, hasta que recordó que Sharni había sido cliente de Jordan. Esta le dio la dirección y el número de teléfono de la casa de Sharni, pero no sin preguntarle por qué los quería.

Adrian le había explicado cómo había conocido a Sharni y le mencionó el parecido que ella decía que tenía con su difunto esposo. Por supuesto, no mencionó el sexo para nada y se limitó a decir que habían compartido un agradable almuerzo y que Sharni se había marchado sin darle ni teléfono ni dirección. Había añadido que no había podido olvidarla y que quería volver a verla, lo que era cierto. Cuando Jordan le pidió que tratara bien a Sharni, Adrian le prometió que lo haría.

Si Sharni se lo permitía...

Sabía que ella no se iba a alegrar de volver a verlo. No la había llamado porque estaba seguro de que ella le habría colgado sin dignarse a escucharlo. No le sorprendería que ella le diera con la puerta en las narices. Se había enfadado mucho con él la noche anterior.

Cuando vio que se marchaba en un taxi, dudó sobre lo que hacer. Al final, decidió que era mejor dejar que ella se calmara primero. Pasó una noche muy mala. No paró de dar vueltas en la cama. Se sentía muy disgustado por haberle hecho daño a Sharni cuando lo único que quería era conseguir que fuera feliz.

Aquella mañana, cuando se dirigió al hotel, estaba casi convencido de que conseguiría que Sharni cambiara de opinión.

La noticia de que se había marchado lo dejó completamente anonadado. El hecho de no poder conseguir ni su dirección ni su teléfono lo enfureció.

Mientras regresaba a su casa, sintió que una luz se iluminaba en su interior. Sharni se había marchado a su casa porque había tenido miedo de quedarse. No estaba seguro de si tenía miedo de él o de ella misma, pero, fuera como fuera, no iba a permitir que se marchara. Lo que le había dicho a Jordan era cierto. No podía olvidarla. Se le había metido dentro como ninguna mujer lo había hecho antes.

Cuando dejó atrás el centro de Katoomba, aminoró aún más la velocidad del coche para tratar de encontrar la calle que tendría que tomar a la izquierda para llegar a la casa de Sharni. Había buscado la dirección en Internet antes de salir y había impreso un mapa. El problema era que las distancias parecían muy diferentes en la realidad que en los mapas.

Las casas se fueron haciendo más escasas. Pasó por delante de un motel y de un taller. Había empezado a preguntarse si se habría pasado cuando por fin la vio. Giró a la izquierda y avanzó lentamente por la calle antes de llegar a Gully Creek Road, que parecía más un sendero del bosque que una calle. Tenía una estrecha franja de asfalto en el centro y demasiados baches a ambos lados para el gusto de Adrian. Y muy pocas casas.

La primera que tenía un número legible era el ocho. La de Sharni era el treinta y cuatro.

Encontró por fin la casa al final de la calle. Había un bonito coche blanco aparcado frente a ella, pero aquello era lo único en orden de toda la propiedad. Como arquitecto, Adrian encontró ciertos aspectos agradables sobre el diseño de la casa. Siempre le habían gustado las casas de estilo colonial, con puntiagudos tejados de hierro y porches alrededor. Sin embargo, aquella estaba en tan mal estado que parecía un chamizo. Un chamizo abandonado. Jamás habría creído que había alguien viviendo allí si no hubiera sido por el humo que salía por la chimenea.

Al ver el estado en el que se encontraba la casa, no

pudo dejar de preguntarse por qué una mujer que había recibido tres millones de dólares como indemnización vivía así.

Encontró la respuesta en el comportamiento de su propia madre cuando su padre murió hacía unos años. Después del entierro, su madre se había abandonado por completo. Su casa, su jardín, ella misma... Había dejado de pagar las facturas y de responder a las llamadas de teléfono. Se había pasado la mayor parte de los días en camisón, sentada en un sillón y mirando al vacío.

El médico le había explicado a Adrian que su madre estaba sufriendo de depresión. Le había recetado antidepresivos, pero su madre se había negado a tomarlos. La situación había durado ya un año, cuando Adrian decidió intervenir y le compró un billete para un crucero por todo el mundo. Prácticamente le había hecho las maletas, la había puesto en el barco y la había dejado allí.

El crucero había surtido efecto. La melancolía de su madre desapareció cuando conoció a un encantador caballero en el barco que le demostró que aún merecía la pena vivir la vida, incluso a la edad de sesenta y ocho años. Aquel romance de alta mar no sobrevivió a la duración del crucero. Él vivía en Inglaterra y no estaba dispuesto a abandonar sus raíces. A pesar de todo, la madre de Adrian había regresado siendo una mujer completamente diferente, llena de fuerza y de ideas.

A Adrian se le ocurrió que tal vez la hermana de Sharni le había regalado aquel fin de semana en Sidney para sacarla de su depresión.

Había funcionado también hasta que el destino, y Felicity, lo habían estropeado todo.

De repente paró de llover. A Adrian le pareció una buena señal. Siempre le había gustado pensar en positivo. Su actitud era ver siempre la botella medio llena en vez de medio vacía.

Estaba seguro de que le había gustado a Sharni igual que le había ocurrido a él con ella. No solo era el sexo, a pesar de que la química que existía entre ellos era muy poderosa. Si solo fuera sexo, Sharni no habría reaccionado ante Felicity del modo en el que lo había hecho. El nivel de indignación e ira que demostró indicaba el inicio de una implicación más profunda. El hecho de que él mismo se hubiera molestado también por la aparición de Felicity confirmaba lo que Adrian ya sospechaba: estaba a punto de enamorarse por primera vez en su vida.

Por eso estaba allí, decidido a no regresar a Sidney hasta que consiguiera que Sharni cambiara de opinión.

Se bajó del coche, lo cerró y se dirigió hacia la valla abierta, que rodeaba un jardín lleno de malas hierbas. Pasó por debajo de un arco cubierto de algo que parecía una masa de zarzas y subió al porche. Cuando llegó a la puerta principal, tomó el llamador y lo golpeó con fuerza.

Al oír que alguien llamaba a la puerta, Sharni lanzó un suspiro de exasperación. En aquel momento estaba a cuatro patas, frotando el suelo de la cocina. También, se imaginaba perfectamente quién sería: Louise, la vecina de al lado.

Louise era la única vecina de Sharni a la que ella había etiquetado de metomentodo. La mayoría de las personas que vivían en las zonas más remotas de las Montañas Azules solían ser bastante reservadas, dado que habían elegido vivir allí por la paz y la tranquilidad que se respiraba.

En vida de Ray, él le había dado esquinazo constantemente. Después de su muerte, Sharni había agradecido las aparentemente amables visitas de la mujer durante un tiempo. Sin embargo, no había tardado en darse cuenta de que Louise solo estaba interesada en husmear en la vida de los demás. Empezó a presentarse constantemente en su casa, a cualquier hora del día o de la noche.

Por suerte, Mozart la mordió un día y, desde entonces, sus visitas habían sido mucho menos frecuentes. No obstante, Sharni sospechaba que Louise se pasaba el día observando su casa con prismáticos porque siempre parecía presentarse cuando Sharni había hecho algo fuera de su rutina habitual. Seguramente se habría dado cuenta de que no había estado en casa el fin de semana y también de que Mozart estaba ausente. En realidad, lo único que le sorprendía era que no hubiera ido antes.

Suspiró y se dirigió hacia la puerta principal sin molestarse en quitarse el pañuelo que se había atado alrededor del cabello. A Louise no le preocuparía su aspecto en lo más mínimo. Lo único que quería era satisfacer su curiosidad sobre lo que Sharni había estado haciendo y adónde había ido.

Mientras abría, no pudo evitar esbozar una pequeña sonrisa. La vieja bruja se moriría si supiera lo que Sharni había estado haciendo en Sidney.

–Hola, Lou...

Sharni se interrumpió en seco cuando vio quién estaba en el umbral de su puerta. Adrian, más sexy que nunca con unos vaqueros, una cazadora de cuero negra y un jersey de cuello alto de color blanco. Durante un segundo, la alegría estuvo a punto de apoderarse de ella. Sin embargo, muy pronto esa sensación se vio sustituida por la ira. ¿O era más bien vergüenza porque él la hubiera sorprendido con aquel aspecto?

–¿Cómo has descubierto dónde vivo? –le espetó mientras se quitaba el pañuelo del cabello–. En el hotel dejé muy claro que no quería que le dieran mi dirección a nadie. Y en especial a ti.

–Me la dio Jordan.

Sharni se había olvidado de que tenían una conocida en común. En cualquier caso, jamás se habría imaginado que Adrian la seguiría hasta allí. Por encima del hombro de él, vio un deportivo de color amarillo aparcado frente a la casa. Le molestó por alguna razón, tal vez porque tenía un aspecto tan incongruente frente a su destartalada casa.

La ira volvió a apoderarse de ella.

–¿Qué es lo que quieres, Adrian? –le preguntó–. Si has venido a buscar más sexo, te has equivocado de casa.

«Una pena», pensó él. Jamás la había deseado tanto como en aquel momento. Aquella demostración de genio lo excitaba aún más.

–He venido a disculparme.

–¿Por qué? ¿Por mentirme y luego acostarte conmigo?

Vaya. No había conocido aquella faceta del carácter de Sharni, pero le gustaba aún más que la criatura dulce y vulnerable que había conocido el día anterior.

–Escúchame, canalla egoísta –le espetó mientras le golpeaba en el pecho con un dedo–. Si crees que te puedes presentar aquí y esperar que yo vuelva a caer rendida en tus brazos, estás muy equivocado. Admito que eres muy bueno en la cama. Sin duda has practicado mucho, seguramente con un gran número de morenas de las que ni siquiera recordarás el nombre, pero yo no tengo intención de ser la siguiente en la lista. Ahora, métete de nuevo en tu llamativo coche y regresa a tu elegante ático. No te quiero aquí.

–¿De verdad? –preguntó él. Sus buenas intenciones se desintegraron al escuchar los insultos y sentir el dedo de Sharni en el pecho.

Le agarró la muñeca y la empujó al interior de la casa. Entonces, le dio la vuelta para que cayera de espaldas contra una pared. No prestó atención alguna a la alarma que se le dibujó en los ojos. Le agarró la otra muñeca y le inmovilizó los dos brazos por encima de la cabeza.

–Eso ya lo veremos –dijo, antes de aplastar la boca de Sharni con la suya.

Capítulo 13

LOS LABIOS de Sharni la traicionaron. Deberían haber permanecido firmemente cerrados, pero, en vez de eso, se abrieron como una flor, dando la bienvenida a la salvaje invasión de la lengua de Adrian.

Él apretó el cuerpo contra el de ella, aplastándole los senos. Había separado las piernas, con lo que sus caderas quedaban a la misma altura que las de Sharni. Ella sintió que la erección de Adrian se le clavaba contra las suaves curvas del vientre y que la ira se desintegraba a medida que el deseo se iba haciendo dueño de su cuerpo. Gimió suavemente. Era el sonido de una abyecta rendición.

Adrian la soltó tan inesperadamente como la había besado.

–No me vuelvas a decir que no me deseas –le espetó él, con una expresión airada en el rostro–. Podría poseerte aquí mismo, pero la única razón por la que no lo hago es para demostrarte que no he venido solo por el sexo. Siento algo por ti, maldita sea, y no voy a dejar esta casa hasta que me creas –afirmó. Entonces, se movió lo suficiente para cerrar la puerta principal–. No me importa lo que pueda tardar, pero, en estos momentos, necesito ir al cuarto de baño. Luego, me vendría muy bien una taza de café. El viaje en coche ha sido largo y duro.

Al ver que ella ni se movía ni respondía, Adrian tomó la iniciativa y echó a andar por el pasillo para buscar el cuarto de baño.

La primera puerta a la izquierda dejaba ver el salón y la de la derecha era un dormitorio. La siguiente a la derecha estaba cerrada. Dando por sentado que esa era el cuarto de baño, se dispuso a abrirla. Entonces, Sharni lanzó un grito.

–¡No!

Con gran rapidez, se abalanzó sobre él y le apartó la mano del pomo. A continuación, volvió a cerrar la puerta.

–Ese no es el cuarto de baño –dijo–. Es este –añadió, abriendo la siguiente puerta a la derecha–. Cuando hayas terminado, la cocina está al final del pasillo. Voy a prepararte ese café.

Adrian frunció el ceño. Sentía curiosidad por ver qué había detrás de aquella puerta. En una casa de una planta tan pequeña, solo podía ser otro dormitorio. Seguramente Sharni no había querido que lo viera porque estaba muy desordenado.

La cocina no lo estaba. Era grande, de estilo rústico y olía a limpio. En el centro, había una mesa redonda con cuatro sillas. El fogón estaba en un rincón y, sobre el frigorífico, había un pequeño televisor de pantalla plana. Sobre el fregadero había un amplio ventanal desde el que se veía el valle.

Sharni estaba de pie frente a la ventana, de espaldas a él. Su postura denotaba tensión. Cuando lo oyó llegar, se dio la vuelta. Tenía los ojos llenos de ira.

–¿Por qué has tenido que venir? ¿Por qué no has podido dejarme en paz?

–Ya te he dicho por qué –respondió él. Entonces, se acercó a la mesa y tomó asiento.

–No te creo –dijo, antes de darse la vuelta para seguir preparando el café–. ¿Cómo lo tomas? No me acuerdo.

–Solo y sin azúcar –respondió él–. ¿Tú no vas a tomar? –le preguntó, al ver que ella colocaba la taza sobre la mesa.

–No.

–Al menos siéntate. Me pones nervioso.

–¿Tú nervioso? Ya me gustaría verlo algún día.

A pesar de todo, se sentó enfrente de él, con la silla bien apartada de la mesa.

–¿Qué te puedo decir para que me creas? –preguntó Adrian después de tomar un sorbo de café.

–Nada en absoluto. Yo juzgo a un hombre por sus actos, no por sus palabras. Eres un seductor empedernido, Adrian Palmer, y no quiero volver a tener nada que ver contigo. Ahora, por favor, tómate tu café y márchate. Tengo que salir.

–¿Adónde?

–A comprar leche y a recoger a mi perro.

–¿Dónde está?

–Se ha pasado el fin de semana en una perrera y no creo que le haga demasiada gracia que le deje allí más de la cuenta.

A Adrian le sorprendió que tuviera un perro. Le había parecido que le gustarían más los gatos.

–¿De qué raza es?

–Un Jack Russell terrier.

–Vaya. Yo tuve un Jack Russell cuando era un niño. Son unos perros preciosos, muy llenos de vida.

Sharni suspiró.

–Normalmente, pero Mozart no ha sido el mismo desde que Ray murió. En realidad, era el perro de Ray.

–¿Y lo llamó Mozart?

–Sí. ¿Por qué?

–Es mi compositor favorito.

–Mozart es el compositor favorito de muchas personas. Bueno, ¿te has terminado ya el café?

Adrian se lo terminó de un trago. Entonces, dejó la taza encima de la mesa.

–Ya te he dicho que no me voy a marchar, Sharni.

Ella se puso de pie y lo miró con desaprobación.

–Si no te marchas, voy a llamar a la policía.

–No seas ridícula. Vamos –dijo, poniéndose de pie–. Te acompañaré a recoger a tu perro.

–¡No!

–¿Por qué no?

–Porque todo el mundo se va a fijar en ti.

–¿Por qué?

–Se creerán todos que eres Ray que ha resucitado de entre los muertos.

–¿Tanto me parezco a él?

–Sí.

–Muéstrame una foto para que yo también pueda verlo.

–No puedo hacerlo. Las he guardado todas hoy mismo

–¿Por qué?

–Porque he decidido vender la casa y mudarme.

–Buena idea. ¿Adónde has pensado marcharte? –le preguntó Adrian, con la esperanza de que fuera a Sidney.

–Eso a ti no te importa.

–Está bien –dijo, aunque estaba seguro de que le importaba. Y mucho–. Pero sigo queriendo ver una foto de Ray. Creo que tengo todo el derecho del mundo a ver lo mucho que me parezco a él.

Sharni dudó durante unos instantes, pero luego pareció decidirse.

–Muy bien –dijo–. Hay una sobre el piano del salón que aún no he guardado.

Adrian la siguió hasta el salón, que estaba mucho más frío que la cocina. Una vez más, estaba decorado en estilo rústico, con cálidos colores otoñales.

–¿Quién tocaba el piano? –le preguntó Adrian.

–Ray.

Adrian frunció el ceño. Otra coincidencia, suponía. Sin embargo, él siempre había querido aprender a tocar el piano. Como fue a un colegio masculino, completamente orientado a los deportes, no había podido aprender. Los pocos chicos que habían tomado clases de piano habían sido considerados algo afeminados.

–Le hice esa foto unas pocas semanas antes de que muriera –dijo Sharni. Entonces, con un gesto de la cabeza, le indicó un marco de plata que había sobre el piano.

Adrian tomó la foto y observó al que había sido el esposo de Sharni.

–Dios mío –musitó mientras observaba todos y cada uno de los rasgos de aquel hombre–. No es que me parezca a él, ¿verdad? Yo podría ser él. ¡Hasta llevamos el mismo corte de pelo!

–También caminas como él.

Por primera vez desde que la besó en la puerta, Adrian sintió que la confianza en que aquella mujer pudiera desearle comenzaba a flaquear.

–¿Con quién hiciste el amor ayer, Sharni? ¿Conmigo o con Ray?

La tentación de mentir fue muy fuerte. Podría resolver todos sus problemas. Sin embargo, notó algo en los ojos y en la voz de Adrian que le llegó al corazón.

Jamás habría pensado en él como un hombre vulnerable, pero, de repente, lo era. Tal vez solo sería su ego lo que quedaría herido si le mentía, pero, a pesar de todo, le resultaba imposible hacerlo.

–Eso me lo preguntaste ayer –dijo ella.

–¿Y?

–No te mentí. No estaba fingiendo que tú fueras Ray. Ni una sola vez.

–¿Cómo no ibas a estar pensando en él? Soy la viva imagen de ese hombre en todos los sentidos.

–Tal vez te parezcas físicamente a Ray, pero sois dos personas muy diferentes. Mi esposo era... bueno, era un hombre muy tranquilo y bastante introvertido.

–Que tenía un Jack Russell y tocaba el piano –dijo Adrian, observando la foto de Ray una vez más–. Y que leía muchos libros –añadió, al ver las estanterías repletas del salón.

–Así es.

Adrian también había leído mucho en el pasado, pero ya no tanto. Sin embargo... Se acercó a una de las estanterías para ver qué clase de libros le habían gustado a su doble.

Los temas eran muy variados, desde novelas románticas hasta biografías, pasando por libros de auto ayuda. Aquellos temas no atraían demasiado a Adrian cuando, de repente, se fijó en un volumen más grande que los demás. Se titulaba *Grandes edificios del mundo*.

Miró a Sharni.

–¿A qué se dedicaba tu esposo?

–Era delineante –dijo. Adrian levantó las cejas–. Sí, sé lo que estás pensando. Cuando nos conocimos, Ray me dijo que en realidad le habría gustado ser arquitecto.

–Y yo siempre quise tocar el piano.

Los dos se miraron fijamente durante largo tiempo. Entonces, Adrian sacudió la cabeza.

–Es una locura. No puede ser. Yo no soy adoptado. Lo sé. Soy el hijo biológico de mi madre. Hay fotos en las que ella estaba embarazada de mí en el álbum familiar. Y fotos mías, tomando mi primer baño.

–Tal vez tuvo gemelos y decidió dar uno en adopción...

–Mi madre jamás habría renunciado a un hijo suyo. Fue una madre maravillosa. Siempre decía que le habría gustado tener más hijos, pero algo salió mal después de que yo naciera y ya no pudo tener más.

–Entonces, todas estas cosas... ¿son solo coincidencias?

–Deben de serlo.

–Supongo que sí... –murmuró Sharni, pero le resultaba difícil aceptarlo. Veía que a Adrian también le estaba costando después de haber visto la foto de Ray–. Hay pequeñas diferencias en tu rostro, sobre todo de frente. Otras personas no se habrían dado cuenta, pero yo sí. Además, tú eres más corpulento que Ray y hay... hay algo más –añadió, algo incómoda.

–¿El qué?

–Tú estás circuncidado. Ray no lo estaba.

Adrian lanzó un suspiro de alivio y volvió a colocar la foto sobre el piano. Había empezado a pensar que sus padres lo habían estado engañando.

–Eso zanja todo el asunto. Si, por algún milagro, Ray y yo éramos gemelos, nos habrían circuncidado a los dos al mismo tiempo.

–Supongo que sí. No se me había ocurrido.

Adrian sonrió.

–Tal vez te fijaste en ese pequeño detalle porque estabas pensando en otra cosa en aquel momento.

Adrian se alegró de que ella se sonrojara. No había habido mentira alguna en el modo en el que Sharni había reaccionado ante él el día anterior. Evidentemente, había descubierto el placer sexual como mujer por primera vez en su vida. Con él. Eso demostraba que no había estado fingiendo que estaba con otro hombre.

A Adrian le habría gustado tomarla entre sus brazos y recordarle la química que había surgido entre ambos desde el momento en el que se conocieron. Sin embargo, no iba a correr el riesgo de estropear lo que quería tener con Sharni: una relación verdadera. No solo una aventura sexual.

–Vamos –dijo tomándola de la mano–. Vamos a buscar a tu perro.

Capítulo 14

ADRIAN lo estaba volviendo a hacer. Sharni sintió un profundo pánico en el corazón, pero la excitación le corría rápidamente por las venas.

–Tienes que quedarte en el coche –le dijo con firmeza–. No quiero que la gente te mire y se piense que están viendo un fantasma.

Adrian lanzó un suspiro de exasperación.

–Eso es ridículo, Sharni. Estoy pensando en convertirme en una parte permanente de tu vida, por lo que, cuanto antes sepan tus amigos el aspecto que tengo, mejor.

–¿Una parte permanente? ¿A qué te refieres? –preguntó ella. Más pánico.

–Amigo. Amante. Novio... Cualquiera de las tres cosas me vale.

–¿Y yo no tengo nada que decir al respecto?

–Ya lo dijiste cuando me devolviste el beso en la puerta.

–Después del cual te pedí que te marcharas.

Adrian sonrió.

–Puedes decirme que me vaya hasta que las ranas críen pelo, pero tus labios no mienten cuando están debajo de los míos.

–Eres un canalla arrogante.

–Un canalla que sabe muy bien lo que quiere. Y eso eres tú, Sharni Johnson.

Aquellas palabras hicieron que la cabeza de Sharni comenzara a darle vueltas.

–Por favor, no –susurró ella cuando vio que él le agarraba una mano para llevársela a la boca.

Adrian bajó la mano y asintió.

–Gracias.

–¿Por qué?

–Por detenerme. Me juré a mí mismo que hoy no te haría el amor. Iba a demostrarte que mis sentimientos hacia ti iban más allá de lo físico, pero siento que estar a solas contigo en esta casa me lo pone muy difícil. Creo que ir a recoger a tu perro sería lo más adecuado.

–Mozart muerde –le advirtió Sharni–. Tal vez sería mejor que te marcharas...

Adrian volvió a sonreír.

–Buen farol, cariño. Ahora, deja de pensar en qué excusas me vas a contar y vayámonos.

Mientras se dirigían en el coche a la clínica veterinaria, Sharni decidió que no sabía si iba a poder resistirse. Cuando Adrian la besaba, cada poro de su piel comenzaba a disolverse. Si su intención era quedarse a pasar la noche, y parecía poco probable que se decidiera a volver a Sidney a aquellas horas, seguramente terminarían en la cama a pesar de que él hubiera decidido que no iba a hacerle el amor aquel día.

Pensar en que iba a acostarse con Adrian en la misma cama que había compartido con Ray le hizo experimentar un profundo sentimiento de culpabilidad.

–No puedes pasar la noche en mi casa, Adrian –dijo.

–No tengo intención de hacerlo. Voy a reservar una habitación en ese motel por el que acabamos de pasar.

–Yo no voy a ir allí, si es eso en lo que estás pensando.

–No.

Esa respuesta sorprendió y desilusionó a Sharni al mismo tiempo.

–¿Qué es lo que vas a hacer mañana? –le preguntó.

–Ir a trabajar.

–Oh... –susurró ella, desilusionada una vez más–. El tráfico es muy malo en la autopista los lunes por la mañana. Te aconsejo que no te pongas en camino demasiado tarde.

–La única carretera que voy a tomar es la de Katoomba. Primero, voy a ir a comprarme ropa más adecuada y luego voy a ir a tu casa para empezar a arreglarla.

–¿Acaso te crees un manitas? –le preguntó ella, con una mezcla de sorpresa e irritación.

–Entre otras cosas.

–Eres verdaderamente incorregible, pero tú verás. Efectivamente, me vendría bien un poco de ayuda para la casa.

–Lo he notado.

–Sé que parecerá una tontería, pero yo no. No me había dado cuenta del estado de la casa hasta que llegué ayer. Creo que estar lejos me ayudó a ver muchas cosas.

–Unas vacaciones pueden tener ese efecto.

Sharni giró a la derecha y entró en el aparcamiento de la clínica veterinaria, que estaba completamente vacío a aquellas horas de una tarde de domingo.

–Ya hemos llegado.

–Esta es una clínica veterinaria –dijo Adrian–. ¿Está enfermo tu perro?

–No. Aquí es donde trabajo yo. Soy ayudante del veterinario, ¿te acuerdas? John... Ese es mi jefe. Me dijo que Mozart se podía quedar aquí el fin de semana. No me gusta dejarlo con desconocidos.

–Entiendo. Parece un buen lugar, pero el edificio es una porquería. Tu jefe debería haber empleado a un arquitecto mejor.

Sharni se echó a reír.

–No se lo diré a John. Espera aquí y trata de comportarte.

Adrian no protestó.

–No tardes mucho –dijo–. La paciencia no es una de mis virtudes.

–¿Quieres decir que tienes alguna?

Él sonrió.

–¿Qué ha pasado con esa mujer tan dulce que conocí ayer?

–Descubrió que su príncipe azul era en realidad el lobo feroz –replicó ella, antes de salir del coche, cerrar la puerta y dirigirse hacia la entrada de la clínica.

John estaba en la clínica, como todos los domingos por la tarde, ocupándose de sus pacientes. Era un veterinario extremadamente dedicado a su trabajo y el hombre más amable que Sharni había conocido nunca. La mayoría de los veterinarios se habrían retirado a los setenta y dos años, pero él no. Curar animales enfermos era su vida.

–Shh –dijo, cuando uno de los perros comenzó a ladrar como si estuviera loco–. Soy yo.

John levantó la mirada de la camilla donde estaba cuidando a un enorme gato.

–¿Es Sharni Johnson la que viene sonriendo?

–¿Yo? –preguntó ella. No se había dado cuenta. No se sentía especialmente feliz, pero no podía negar que la confrontación verbal con Adrian le había acelerado la adrenalina.

–Claro que sí. Parece que el fin de semana en Sidney te ha sentado muy bien, aunque hayas regresado un día antes de lo previsto.

–No sé. Me he gastado mucho dinero en ropa que seguramente no me pondré nunca.

–En ese caso, tal vez vaya siendo hora de que empieces a ir a sitios en los que te la puedas poner. No te haces más joven, ¿sabes? Un día te despertarás y habrás cumplido los cuarenta. Luego cincuenta. Sesenta, y luego setenta.

–Gracias por el alegre consejo. ¿Cómo ha estado Mozart?

–No ha comido nada. Bess se lo llevó a casa y le dio lo que nosotros teníamos para comer. Eso siempre ha funcionado con nuestros perros, pero él se negó. Está en el patio trasero, tumbado bajo el pino grande.

–Dios mío, ¿qué voy a hacer con él, John?

John se encogió de hombros.

–Algunos perros son de un solo dueño y no hay nada que se pueda hacer al respecto.

–Me lo llevaré a casa y veré si puedo conseguir que coma algo. Gracias por cuidar de él.

–No hay de qué, guapa. Me alegro de ver que, al menos uno de los dos, parece contento. ¿Te importaría que no salga contigo? Creo que me debería quedar con Mermelada.

–No se va a morir, ¿verdad?

A Sharni le afectaba mucho que los animales se murieran. Cualquier fallecimiento podía provocarle una depresión en cuestión de minutos. Ya no veía las noticias en televisión por miedo a lo que pudieran contener.

–Si puedo evitarlo, claro que no. Ahora vete y no te preocupes demasiado por Mozart. Sobrevivirá.

Sharni forzó una sonrisa, se despidió de John y se marchó.

Se preguntó si la supervivencia era suficiente. Algunas veces, sobrevivir era peor que la muerte.

Mozart se puso de pie al ver que ella se le acercaba, pero no meneó la cola ni ladró de alegría. A pesar de todo, dejó que ella lo tomara en brazos, que era más de lo que le permitía a la mayoría de la gente. Cualquier intento de acariciarlo o tocarlo provocaba un ladrido o un mordisco. Louise sabía muy bien cómo mantener las distancias con él. También el cartero.

A Sharni no se le había ocurrido pensar en que la presencia de Adrian en su coche pudiera ser un problema para el perro. Tampoco se había imaginado que Adrian se bajaría del coche cuando la viera acercarse con el animal, pero lo que no habría anticipado nunca fue la reacción del perro. Empezó a ladrar como un loco y saltó de los brazos de Sharni. Entonces, echó a correr hacia Adrian y empezó a realizar giros de trescientos sesenta grados, tal y como Ray le había enseñado cuando era un cachorrito.

–¡Qué perro más listo eres! –exclamó Adrian tras agacharse para acariciar a Mozart por debajo de la barbilla.

El perro respondió saltando sobre su regazo y colocando las patas sobre el pecho de Adrian. Entonces, comenzó a cubrirle la barbilla de alegres lametazos.

Adrian se levantó riendo con el perro en brazos.

–Y eso que muerde, chica mala...

El perrito lo miraba con adoración. Sus ojillos brillaban una vez más llenos de alegría. Lo observaba con el mismo amor incondicional que le había profesado a Ray.

Sharni tragó el nudo que se le había hecho en la garganta.

–Normalmente no se porta así –dijo–. En especial con desconocidos.

–Tal vez simplemente se alegre de haber salido de esa clínica. Debe de ser como estar en la cárcel. Vamos. Llevémoslo a casa. Me apuesto algo a que no ha comido nada en todo el fin de semana. Está muy delgado.

–No ha comido bien desde que murió Ray –le informó Sharni–. Ni tampoco ha estado tan feliz. Odio tener que decir esto, pero... yo creo que él piensa que tú eres Ray.

A pesar de haber realizado aquella afirmación, Sharni sabía que no podía ser cierto. Los perros no reconocen a las personas por su aspecto, sino que se trata más bien de una cuestión de olor, voz y gestos. No se podía engañar a un perro.

Sin embargo, Adrian, evidentemente, había engañado a Mozart. Sharni suponía que había una excepción a todas las reglas. De hecho, Adrian la había engañado también a ella, aunque solo durante unos segundos.

–Vaya... Bueno, no me importa si a ti no te importa. ¿Te importa? ¿Qué mal puede haber si él es feliz? Eres feliz, ¿verdad, chiquitín? –añadió, acariciando al animal.

Mozart respondió tratando de lamerle la cara de nuevo. Adrian se echó a reír.

–¿Ves? Es feliz. «Vamos a casa, mamá», te está diciendo. «Tengo hambre».

Sharni sintió que se le hacía un nudo en el estómago al escuchar que Adrian la llamaba «mamá», aunque sabía que él no quería decir nada al respecto. Sin embargo, le recordó el momento en el que Adrian había estado a punto de entrar en la habitación de su bebé. Si él iba a estar en la casa algún tiempo, tendría que hablarle del bebé que había perdido. Si no lo hacía ella, podría contárselo otra persona. Era mejor que se enterara a través de ella.

Lo miró y se metió en el coche. ¿Qué pensaría cuando se lo contara?

No era un hombre completamente insensible. El día anterior había tenido momentos de amabilidad e incluso de ternura. Sin embargo, era un hombre soltero. Como tal, ¿comprendería la pena que provocaría perder a un hijo del modo en el que ella lo había hecho?

Podría ser que pensara que estaba loca al haber mantenido la habitación tal y como estaba durante todos aquellos años. En realidad, hacía mucho que no entraba. Sin embargo, si iba en serio cuando hablaba de vender la casa y mudarse, y así era, tendría que hacerlo para deshacerse de todo lo que contenía.

Tal vez Adrian podría ayudarla a hacerlo. Con él a su lado, seguramente se mantendría más serena.

–Estás muy callada...

Sharni regresó al presente. Se sorprendió al darse cuenta de que ya casi habían llegado a casa cuando ni siquiera recordaba haber arrancado el coche.

–Estaba en otro mundo –admitió.

–Pensando cosas buenas, espero.

–En realidad, estaba pensando que a mi vecina de al lado le va a dar un ataque cuando te vea. Ese coche es un imán para los chismosos y Louise es una metomentodo de primera clase. Seguramente encontrará una excusa para acercarse a la casa muy pronto. Creo que la lluvia ha sido lo que se lo ha impedido hasta ahora. Su casa es esa de allí –dijo, al pasar por delante de una pequeña casa de ladrillos.

–No hay motivo para preocuparse de cosas que no se pueden controlar, Sharni. Ya nos ocuparemos de esa

Louise cuando llegue el momento. Por cierto, se te ha olvidado la leche.

–No importa. Puedo arreglármelas sin ella. Iré a la compra mañana.

–¿Estás segura? Yo puedo ir a comprarte una botella si quieres. Sé dónde está la gasolinera. Siempre tienen cosas como pan y leche en las gasolineras.

–No, no... Mozart se pondría muy triste si te marcharas ahora mismo. Vamos dentro para darle algo de comer.

Fue maravilloso ver cómo Mozart devoraba su comida por una vez, aunque también suponía una preocupación. ¿Qué le ocurriría al perro cuando Adrian regresara a Sidney, algo que, tarde o temprano, terminaría por hacer?

Sharni no se hacía ilusión alguna sobre Adrian. En aquellos momentos, ella suponía un desafío para él. El pez que se le había escapado. Por eso estaba allí. No a por más sexo. Un hombre como él podría encontrar sexo en cualquier parte, con mujeres mucho más hermosas y más sexys que ella.

No. Había ido a buscarla para ganar.

Había leído sobre personalidades como la de él en alguno de los libros sobre psicología humana que Ray había comprado con intención de descubrir por qué era como era. A lo largo del último año, Sharni había leído bastantes de ellos tratando de curarse.

–Vaya, pues sí que tenía hambre el perro –dijo Adrian–. ¿Le llevo ahora a dar un paseo? Después de todo, lo que entra por un lado tiene que salir por el otro.

–No hay necesidad. Tiene su propia salida especial –le dijo, mostrándole a Adrian el agujero que Ray le había hecho en la puerta de atrás. Inmediatamente,

Mozart salió como una flecha y echó a correr hacia el patio trasero–. Puede entrar y salir como él quiera, pero por las noches lo cierro para que no entren otros animales.

–¿Y los tipos malos?

–No. Tú no podrías entrar.

–Muy graciosa –replicó él, con una sonrisa–. ¿Es así como sigues pensando de mí? ¿Como un tipo malo?

–Digamos que el jurado aún no ha acordado su veredicto.

–Si yo fuera de verdad un tipo malo, ya habría explotado lo único que te gusta de mí. Podría hacerte suplicar si quisiera –afirmó–. De hecho, vas a tener que suplicarme para que vuelva a tocarte.

–¡Nunca! –replicó.

Su sonrisa era la del diablo.

–Nunca digas de esta agua no beberé. Tal vez tengas que terminar tragándote tus palabras.

Sharni sintió que el rubor le sonrojaba las mejillas ante la imagen que aquellas palabras provocaban. ¿Por qué las palabras de Adrian provocaban calor no solo a sus mejillas sino también al resto de su cuerpo? ¿Por qué se le habían acelerado los latidos del corazón como si acabara de correr una maratón?

Adrian entornó los ojos. Entonces, la empujó de repente y se dirigió hacia el pasillo. Sharni quería echar a correr detrás de él, pero logró no humillarse aún más.

–Regresaré mañana por la mañana –dijo desde la puerta principal.

–Oh, Dios... –sollozó. Entonces, se sentó en una silla de la mesa de la cocina.

Al mismo tiempo que se escuchaba el motor del coche de Adrian, Mozart entró corriendo en la cocina. Su primera reacción fue mirar a su alrededor y luego observarla a ella con ojos brillantes y llenos de expectación.

–Se ha ido, Mozart...

El perro salió al pasillo. Sharni sabía muy bien lo que estaba haciendo. Estaba registrando todas las habitaciones, tal y como había hecho en tantas ocasiones durante los días siguientes a la muerte de Ray.

Sin embargo, en aquella ocasión, cuando regresó a la cocina, no se acurrucó en un rincón gimoteando. Se sentó sobre la silla que Adrian había ocupado y se tumbó. Sharni comprendió que el animal estaba esperando a que su dueño regresara.

«Como yo», pensó, sintiendo una reveladora tensión en el vientre.

¿La tocaría Adrian al día siguiente? ¿La besaría? ¿Le haría el amor? No servía de nada fingir que no lo deseaba. ¿Y si él no? ¿Y si le hacía esperar aún más?

Sharni se moriría.

Debería haberse portado mejor con él. No debería haber dicho que era un tipo malo. Aunque lo fuera.

En realidad, no lo era. Solo un seductor en serie sin concepto alguno del compromiso o del cariño verdadero.

Cuando el teléfono empezó a sonar, Sharni se sobresaltó. ¿Quién podía ser?

Antes de que pudiera responder, el teléfono dejó de sonar. Sharni suspiró y se sentó de nuevo en la silla. Probablemente se habían equivocado de número. No obstante, la llamada le recordó que había prometido llamar a su hermana aquella noche. Cuando lo hiciera, no iba a decirle que Adrian la había seguido hasta allí. No quería que su hermana supiera lo que estaba pasando. No quería tener que escuchar todas sus advertencias.

Sharni ya sabía que Adrian no estaba enamorado de ella. Ni ella de él. El amor era una emoción más cálida, más amable que la que estaba poseyéndola en aquellos momentos. Ella había experimentado el amor. Con Ray. Lo que sentía por Adrian no era amor. Era algo completamente diferente. Ella lo había presentido desde el principio.

Lo que la estaba consumiendo en aquellos momentos tenía muchos nombres. Atracción sexual, química, deseo, pasión, lujuria...

Lujuria. Eso era. Era la palabra que mejor describía lo que sentía por Adrian.

La lujuria era uno de los siete pecados capitales. Efectivamente.

La lujuria deshacía la conciencia y el sentido común. Hacía que una persona se convirtiera en esclava de sus sentidos y de sus deseos...

Sharni quería ir a ese motel y arrojarse a los pies de Adrian. Ansiaba sentir sus brazos alrededor del cuerpo, los labios sobre los suyos...

Solo el orgullo le impedía hacerlo.

¿Durante cuánto tiempo? ¿Cuánto tiempo habría de pasar para que ella le suplicara que la tocara, antes de que estuviera dispuesta a hacer todo lo que se le estaba pasando por la cabeza?

–Oh, Dios –susurró, llorando. Entonces, se tapó la cara con las manos.

Capítulo 15

ERA CASI mediodía y Adrian aún no había llegado. Sharni se estaba impacientando, al igual que Mozart, que no hacía más que pasear de arriba abajo por el porche.

La posibilidad de que él hubiera decidido regresar a Sidney y olvidarse de ella no dejaba de atormentarla. Algo así parecía tremendamente cruel. ¿Era Adrian cruel? Sharni no lo creía, pero... ¿qué sabía ella?

Había dicho que iba a ir a comprarse ropa de trabajo. Sharni había estimado que eso probablemente le llevaría un par de horas. Ella se había ido corriendo a la tienda más cercana para comprar comida a primera hora de la mañana, dando por sentado que Adrian llegaría sobre las once.

Sin embargo, eran ya las doce y Adrian aún no había llegado.

Por millonésima vez, Sharni salió al porche para reunirse con Mozart. Al ver que Louise se dirigía hacia la casa, lanzó un gruñido de frustración.

–Hola –dijo Louise–. Bonito día, ¿verdad?

–Mucho –replicó Sharni.

–Has estado fuera –comentó la mujer deteniéndose en la valla al escuchar que Mozart comenzaba a gruñir.

–Sí. He ido a visitar a mi hermana a Swansea –mintió.

–Muy bien. Tengo un terrible resfriado, así que no

me acercaré a ti. Llevo en la cama todo el fin de semana.

Buenas noticias. El dormitorio de Louise estaba en la parte trasera de su casa, por lo que, probablemente, no había visto a Adrian el día anterior.

Sin embargo, iba a verlo en cualquier momento. Sharni acababa de ver cómo el coche amarillo de Adrian avanzaba por la carretera.

Al oír el sonido del motor, Louise se volvió para mirar.

–¿Esperas a alguien? –le preguntó Louise al ver que el coche se detenía justo delante de la valla.

Sharni tuvo que reaccionar con rapidez.

–Sí. He firmado un contrato con una empresa de reformas para que me ayude a arreglar un poco la casa. He decidido venderla. Ese es el dueño.

Sharni estaba a punto de añadir que se parecía sorprendentemente a Ray cuando tuvo que tragarse sus palabras. El hombre que se bajó del vehículo no se parecía en nada a Ray. De hecho, no se parecía tampoco a Adrian. Sin embargo, era él. Llevaba el cabello muy corto y no se había afeitado aquella mañana. Además, llevaba un par de gafas enormes que ocultaban por completo sus maravillosos ojos azules. Iba vestido con pantalones vaqueros, botas marrones, una camisa de cuadros rojos y una cazadora marrón.

–Buenos días, señora –le dijo a Louise, que se apartó rápidamente de su camino–. Buenos días, señora Johnson –añadió mientras se dirigía hacia el porche–. Siento llegar un poco tarde. Hola, chiquitín –concluyó, refiriéndose a Mozart. El animal tembló de gusto cuando Adrian se agachó para acariciarlo.

–Tenga cuidado –le advirtió Louise–. Muerde.

–A mí no, señora. Los perros me adoran –dijo

Adrian mientras tomaba al perro en brazos–. Ahora, si nos perdona, tengo que hablar con la señora Johnson sobre lo que quiere hacer en la casa.

Con la mano que le quedaba libre, agarró a Sharni por el brazo y la empujó al interior de la casa, bien lejos de la curiosa Louise.

–¿Lo he hecho bien? –preguntó, cuando estuvieron a salvo en el interior de la cocina.

–Muy bien. ¿Sabes una cosa? Ni siquiera te reconocí cuando te bajaste del coche.

–¿De verdad?

Adrian dejó suavemente a Mozart sobre el suelo y luego se quitó las gafas de sol para metérselas en el bolsillo de la camisa. Sharni contempló su hermoso rostro, que ya no le recordaba tanto al de Ray a pesar de que los ojos seguían siendo los mismos.

–Con el cabello así pareces muy diferente –dijo–. Y esto... –añadió. Entonces, levantó la mano y, sin pensar, se la deslizó suavemente por la mejilla sin afeitar.

Adrian se quedó completamente inmóvil al notar aquella caricia. Poco después de marcharse de la casa de Sharni el día anterior, había pasado por un momento de debilidad. Había marcado el número de teléfono de la casa de Sharni para llamarla y disculparse por lo que le había dicho antes de irse.

Afortunadamente, había cambiado de opinión antes de que ella contestara. De verdad quería que ella le suplicara. Quería que ella tuviera que enfrentarse a la profundidad del deseo que sentía hacia él. Él. No su esposo muerto.

El dramático cambio de apariencia que había llevado a cabo no había sido para engañar a amigos y vecinos, sino que se trataba más bien de una prueba. Una prueba que ella parecía estar pasando, a juzgar por la mirada que tenía en los ojos.

Comprobó con alivio que Sharni aún lo deseaba. Desgraciadamente, él la deseaba aún más.

Le resultaba muy difícil ignorar el deseo que tenía de tomarla entre sus brazos, pero debía hacerlo. Si cedía y comenzaba a hacerle el amor, ella jamás creería que lo que estaba sintiendo iba más allá del deseo sexual. Sharni seguiría considerándolo el lobo feroz, uno de los chicos malos.

No. Tenía que esperar. Y hacer que ella esperara también hasta que no pudiera soportarlo más. El esfuerzo merecería la pena solo por ver cómo expresaba su deseo en palabras. Por obligarla a realizar el primer movimiento.

Adrian volvió a ponerse las gafas y luego dio un paso atrás para que a ella no le quedara más remedio que separar la mano de su rostro.

–Es hora de que me ponga a trabajar –dijo, de repente–. ¿Dónde tienes el cortacésped y las herramientas de jardinería? Hoy me ocuparé del jardín. Mañana realizaré reparaciones en general y el miércoles comenzaré con la pintura.

–¿No tienes que regresar a Sidney para ocuparte de tu propio trabajo?

–No. Como te he dicho, en estos momentos estoy entre proyectos.

Aquello no era cierto. Había planeado empezar en un diseño revolucionario para un pueblo destinado a retiro de mayores que iba a participar en un concurso. Al ganador se le premiaría con un contrato de muchos millones de dólares. Sin embargo, ese proyecto tendría que esperar un par de semanas. Sus prioridades en la vida habían cambiado.

–¿El cortacésped y las herramientas?

Sharni se encogió de hombros y lo condujo hacia el patio trasero, donde había un pequeño cobertizo en un rincón. Allí había todo lo necesario.

–¿Te puedo ayudar? –le preguntó ella.

–Prefiero hacerlo yo solo –replicó él.

Si la mantenía a raya, tal vez conseguiría pasar el día sin abalanzarse sobre ella. Adrian era un hombre muy observador y no se le había pasado por alto que, aquel día, Sharni se había tomado muchas molestias con su aspecto. Llevaba el cabello bien peinado, que enmarcaba un precioso rostro muy bien maquillado. Se había puesto ropa informal, pero que le sentaba muy bien. Vaqueros negros muy ceñidos y un jersey color crema que destacaba sus pechos y enfatizaba su estrecha cintura. Además, olía muy bien. Se había puesto un perfume que hacía que Adrian pensara constantemente en el sexo.

Adrian sospechaba que consciente, o inconscientemente, estaba tratando de seducirlo. Decidió que se enfrentaría como pudiera a sus armas de mujer.

–Si dices en serio lo de vender, debe de haber cosas dentro de las que te puedas ocupar. Limpia toda la casa y luego tira todo lo que no hayas usado en los dos últimos años. Así, cuando te mudes, no necesitarás un camión demasiado grande.

–Sí, sí... supongo que podría hacerlo –dijo ella, sin mucho convencimiento.

Adrian la miró fijamente.

–Hablas en serio de lo de vender y mudarte, ¿verdad?

–No suelo decir cosas que no sienta de verdad.

–Me alegro. En ese caso, tendrás muchas cosas de las que ocuparte. Ahora, si me perdonas, quiero ponerme a trabajar.

«Hablo en serio sobre lo de vender y mudarme», se aseguró Sharni mientras regresaba al interior de la casa.

Janice se había puesto muy contenta cuando le había contado sus planes la noche anterior. Ya no había marcha atrás, aunque solo pensar en lo que un cambio tan importante iba a suponer le hacía sentirse enferma.

No empezó a limpiar ni a ordenar su ropa tal y como le había sugerido Adrian. En vez de eso, se colocó al lado del fregadero y se puso a mirar a través de la ventana, observando cómo Adrian cortaba el césped.

«Está aún más guapo con el cabello corto», pensó. También le gustaba la barba de dos días que llevaba desde su cambio de imagen. De repente, una imagen altamente erótica se le coló en el pensamiento. Se imaginó aquella cabeza entre las piernas, como Adrian había hecho en más de una ocasión el pasado sábado. Se echó a temblar al revivir el roce de la lengua contra la parte más sensible de su ser. Volvió a temblar al imaginarse lo que sentiría al notar aquellas rudas mejillas contra la suave carne del interior de los muslos al mismo tiempo.

Dios... Quería que Adrian se lo hiciera. Quería hacérselo a él también. Darle placer con la boca.

La intensidad de su deseo resultaba tremendamente turbadora y le obligó a tomar la decisión más humillante de toda su vida. Acudiría a él aquella noche. Le suplicaría que la llevara a la cama.

Resultaba perverso que, cuando lo llamó una hora

más tarde para que fuera a almorzar, se comportara con tanta compostura. Le sirvió muy tranquilamente un buen almuerzo y charló cortésmente con él durante los quince minutos que él tardó en tomárselo.

Después de comer, se puso a limpiar la casa. Se ocupó primero del salón e incluso quitó las cortinas para lavarlas. A continuación, decidió ocuparse de su armario. No le sorprendió lo más mínimo que la mayoría de su ropa tuviera más de cinco años y que algunas cosas fueran incluso más viejas. Muchas de esas prendas estaban terriblemente pasadas de moda. Rápidamente, llenó dos bolsas de basura para dárselas a una organización benéfica.

Mientras se deshacía de todas sus prendas viejas, ignoró descaradamente una enorme bolsa de plástico que estaba en la parte inferior del armario desde que regresó de Sidney el sábado. Contenía el vestido que se había puesto para ir al teatro con Adrian, un vestido que no quería volver a ver.

De repente, en un arranque de irritación consigo misma, lo sacó de la bolsa y lo dejó sobre la cama.

Las cuentas del top brillaban bajo la luz y el escote no era tan profundo como había pensado en un principio. Tomó la falda y vio que no se había arrugado en absoluto. A continuación, sacó los zapatos y los colocó al pie de la cama, justo debajo de la falda. Así, no parecía nada especial. Necesitaba enfundar el cuerpo de una mujer.

El corazón se le aceleró cuando se quitó rápidamente la ropa y se lo puso antes de que se arrepintiera de ello. Solo quería ver el aspecto que había tenido la noche del sábado...

Tras ponerse los zapatos, experimentó de nuevo la sensualidad que le hacían sentir. Entonces, se dirigió hacia el espejo de cuerpo entero que tenía en un rincón y se miró. Una vez más, se había transformado en la criatura sensual que había dejado que Adrian la poseyera contra el respaldo de una silla.

–¿Vas a alguna parte?

Al oír la voz de Adrian, Sharni se dio la vuelta rápidamente. La turbación hizo que se le ruborizaran por completo las mejillas.

–¿Cómo te atreves a espiarme de ese modo?

–No te estaba espiando. Llamé en la puerta de atrás para decir que había terminado por hoy, pero tú no contestaste. Te sigue sentando muy bien, por cierto, pero no creo que sea el atuendo más apropiado para limpiar, a menos, por supuesto, que tengas otra cosa en mente –añadió, mientras la observaba con un cierto brillo en los ojos desde la puerta del dormitorio.

Sharni no dijo nada. No pudo. Hasta que Adrian entró en la habitación.

–¡Te prohíbo que entres aquí!

–¿Por qué no? –preguntó él deteniéndose. Los ojos le brillaban de frustración–. Tú quieres que lo haga. Lo sabes perfectamente.

–Aquí no...

–Ah, entiendo –dijo él, mirando a su alrededor–. Aquí no. Es la habitación de Ray. Tampoco en la casa de Ray. Muy bien. Trataré de comprender tus sentimientos, a pesar de que ese hombre lleva cinco años muerto. No creo que le importara.

–¡A mí sí me importaría!

–Muy bien. Pues ven a mi habitación del motel. Esta noche. A las diez.

–¿Tan tarde? –preguntó Sharni. Con esas palabras, ella supo que no había marcha atrás.

–Lo tomas o lo dejas. Es la habitación dieciocho. El

motel no está lleno, por lo que no hay problema para aparcar.

Sharni lo odió profundamente en aquel momento. Lo odiaba y lo deseaba al mismo tiempo. Una vez más, su orgullo yacía hecho trizas en el suelo. La lujuria había salido triunfante con su primitivo poder.

–Tomaré tu silencio como respuesta. Por cierto, no te pongas eso –añadió–. Es demasiada ropa para lo que tengo en mente. Te puedes dejar los zapatos, pero nada más. Absolutamente nada más.

–No puedo ir a tu puerta completamente desnuda –susurró ella, escandalizada.

–En ese caso, ponte un abrigo, pero quiero que vayas completamente desnuda por debajo.

–Es asqueroso.

–No. Es lo que tendrás que hacer para conseguir lo que quieres. Yo soy lo que quieres, ¿verdad, Sharni? ¿O ya te da igual el hombre que sea con tal de tener sexo? Dímelo para que pueda estar seguro de qué terreno piso.

–Eres cruel...

–Un hombre cruel no se habría detenido en esta puerta. Ahora, dime lo que quiero escuchar, Sharni, o, que Dios me ayude, voy a meterme en mi coche y no voy a volver nunca más.

Durante un segundo, Sharni estuvo a punto de dejarlo marchar, pero el diablo no lo permitió. Le prometió al oído placeres prohibidos que solo Adrian podría darle. Todo a cambio de unas pocas palabras.

–No quiero sexo con ningún otro hombre –dijo–. Solo contigo.

–¿Harás lo que te he pedido?

–Sí –susurró, temblando con solo pensarlo.

–No llegues tarde –gruñó él. Dicho eso, se marchó.

Capítulo 16

ADRIAN las siguientes cinco horas le resultaron insoportables. Consiguió cenar algo y bebió demasiado, tratando de encontrar así un poco de paz mental. Sin embargo, nada podía aliviar el tormento emocional que lo había consumido en aquel dormitorio, cuando se dio cuenta por fin de que Sharni no lo amaría nunca porque seguía enamorada de su esposo.

El dolor de aquel descubrimiento le había convertido en un hombre cruel, tal y como ella le había dicho. No obstante, Sharni también lo era.

Por el hecho de acceder a lo que Adrian le había pedido, Sharni le había demostrado que no quería su amor ni su cariño, sino tan solo su cuerpo. A él no le quedaba duda alguna de que se presentaría justo a tiempo con nada más que un abrigo y aquellos zapatos que incitaban al pecado. Cuando lo hiciera, Adrian no podía hacer nada más que complacerla hasta que ella le suplicara que parara.

Sharni no se podía creer que estuviera haciendo aquello. Se dirigía hacia un motel para una cita con Adrian solo con un abrigo y un par de zapatos de tacón encima.

¿Qué ocurriría si tenía un accidente de coche? Todo el mundo pensaría que era una fulana. Nada más.

¿Por qué no se sentía molesta por aquella posibilidad? ¿Por qué solo sentía deseo y anticipación? «Tal vez he vendido mi alma al diablo. Tal vez estoy poseída...».

Al ver el cartel del motel sintió un fuerte nerviosismo en el estómago. Ya había llegado.

–Puedes pasar por delante sin parar –se dijo en voz alta–. Puedes marcharte a tu casa...

No hizo ninguna de las dos cosas. Con el corazón latiéndole con fuerza en el pecho, estacionó el coche en el aparcamiento del motel, junto al deportivo amarillo de Adrian. No vio a nadie. Nadie le preguntó nada. Esa soledad le produjo una sensación de alivio que la animó a salir del coche.

–Dios... –susurró mientras se dirigía hacia la habitación dieciocho.

Cuando llegó a la puerta, llamó.

No hubo respuesta.

Volvió a llamar.

Nada.

La cabeza comenzó a darle vueltas cuando se le ocurrió que tal vez Adrian no iba a abrirle la puerta.

De repente, esta se abrió de par en par y Adrian apareció en el umbral, completamente mojado y con solo una toalla blanca ciñéndole las caderas.

–Lo siento. Estaba en la ducha y no te oí llamar.

–Tú... tú me dijiste a las diez.

–No sabía ni qué hora es.

Sharni parpadeó. ¿Cómo era posible que no supiera qué hora era? Ella había estado contando cada segundo, muriéndose por que llegara el momento en el que por fin volverían a estar juntos.

–Yo también lo siento –murmuró ella–. Mira, no creo que pueda hacer esto, Adrian. Ahora no...

–¿De qué diablos estás hablando?

–El hecho de que me pidieras que viniera así vestida fue una especie de venganza, ¿verdad? Querías humillarme. No sientes nada por mí. Nada.

El rostro de Adrian reflejó demasiados sentimientos encontrados como para que ella pudiera interpretarlos. Sacudió la cabeza y levantó los brazos, dejándolos caer en una actitud de completa exasperación.

–Demonios, Sharni. Yo soy solo un hombre, no un santo. Sí, lo confieso. Había un cierto elemento de venganza en mis requerimientos, pero eso era porque creía que a ti no te importaba...

–Oh...

¿Significaba eso que Adrian sentía algo por ella? Sharni no estaba segura. De lo único de lo que sí lo estaba era de que ver así a Adrian, cubierto con nada más que una toalla, le aceleraba el corazón y la derretía por dentro. En lo único en lo que podía pensar era en volver a sentirlo dentro de ella.

–Por el amor de Dios, no te quedes ahí de pie con aspecto culpable –le dijo él, haciéndola entrar a la habitación y cerrando la puerta–. Como te dije el sábado, no hay nada malo en divertirse en la cama. Tampoco es obligatorio enamorarse de todos los amantes que una persona tenga en su vida. Sin embargo, resultaría muy agradable que no me consideraras simplemente un trozo de carne.

–¡Pero si yo no pienso eso!

–¿No?

–¡No!

–Entonces, ¿qué opinión tienes de mí? Ahora te pido que seas sincera.

–No estoy segura de lo que siento o pienso. Me has confundido desde el principio.

–Porque me parezco a Ray. No. No te molestes en

negarlo. Lo llevas escrito en la cara. Al menos ahora sé qué terreno piso y no voy a imaginarme que esta noche significa más de lo que en realidad es. Ahora, quítate ese maldito abrigo y deja que te mire.

Sharni lo miró con asombro, sin poderse creer que una orden pronunciada con tanta ira pudiera excitarla con la misma velocidad y la misma intensidad de un rayo. Los pezones se le irguieron contra el forro de seda del abrigo y el estómago le dio un vuelco de anticipación ante lo que estaba a punto de producirse.

–No hagas que te lo quite yo –añadió, con un duro brillo en los ojos.

Sharni sintió que le temblaban las manos mientras las subía al botón superior. La cabeza la daba vueltas con un deseo prácticamente instantáneo. De repente, no pudo esperar más para estar desnuda delante de él. Para sentir aquellos duros y fríos ojos sobre la piel.

El abrigo le cayó de los hombros y ella se quedó allí, completamente inmóvil.

–No deberías haberlo hecho –susurró él mientras le recorría la piel con la mirada–. Ahora ya no tendré piedad de ti, pero no has venido aquí para que me apiade de ti, ¿verdad? –añadió. Entonces, se quitó la toalla y se acercó lentamente a ella.

Al verlo, Sharni se quedó boquiabierta. Tenía una erección tan grande y tan firme...

Tragó saliva. Adrian sonrió. Entonces, la tomó bruscamente entre sus brazos.

–No voy a besarte –le espetó cuando vio que ella levantaba el rostro buscando sus labios con expectación–. Esta primera vez no.

Sharni contuvo el aliento cuando sintió que él la agarraba con fuerza y que, literalmente, la arrojaba sobre la cama. Con un gesto brutal, le separó los muslos y la penetró salvajemente. Sharni exhaló un profundo gruñido, mezcla del placer y del dolor que se apoderaron de ella cuando le agarró las caderas y se hundió en ella cada vez más profundamente.

La rapidez del orgasmo de Adrian sorprendió a Sharni. Su grito de protesta provocó una burlona sonrisa en él.

–Parece que he ganado yo –dijo.

–De verdad eres un canalla –le espetó ella, con todo el veneno que pudo reunir.

Adrian se incorporó sobre los codos y sonrió otra vez.

–Y tú, amor mío, eres hermosa más allá de toda comparación.

Sharni lanzó un gruñido. ¿Por qué tenía que dedicarle aquellas palabras cuando ella solo deseaba odiarlo?

–Creo que nos vendría bien una ducha caliente –dijo él–. Después, regresaremos a la cama para más sexo.

Adrian estaba tumbado en la cama junto a ella, con las manos detrás de la cabeza y los ojos prendidos en el techo. Sharni estaba dormida de espaldas a él. Su respiración profunda y tranquila denotaba el sueño de una mujer profundamente satisfecha.

Para haberse tomado varios whiskys antes de que ella llegara, Adrian se había comportado muy bien. Nunca antes había hecho el amor a una mujer tantas veces seguidas.

¿Qué diablos estaba tratando de demostrar? ¿Que era el mejor amante del mundo? ¿De verdad creía que provocarle múltiples orgasmos conseguiría que Sharni se enamorara de él?

Suspiró y giró la cabeza hacia el despertador. Los números rojos marcaban la una y diecisiete.

Debería intentar dormir, pero el sueño ya no le parecía importante. Tenía que encontrar el modo de ganarse el corazón de aquella mujer. Comprendió por fin que no iba a ser por medio del sexo y tampoco porque le ayudara a arreglar su casa. Había algo en él que no la llenaba. Algo que su esposo tenía y de lo que él, evidentemente, carecía.

Adrian no estaba acostumbrado a no conseguir lo que quería en la vida. No estaba acostumbrado a que se le considerara el segundo plato. Sin embargo, en aquella ocasión, las cosas parecían escaparse a su control.

Con una cierta ironía, se dio cuenta de que a Felicity le encantaría saber que estaba a punto de conseguir su deseo. Una mujer iba a romper el corazón de Adrian Palmer.

Y esa mujer se llamaba Sharni Johnson.

Capítulo 17

BUENO, ¿qué es eso que me han contado de que hay un guaperas arreglándote la casa?

Sharni levantó la cabeza. Estaba ayudando a operar a un perro pastor al que había atropellado un coche.

–¿Cómo diablos...?

–Louise vino ayer para que desparasitara a su gato –le explicó John, sin levantar la cabeza de lo que estaba haciendo.

–¡Esa mujer! –exclamó Sharni, con exasperación. La cotilla de su vecina había aprovechado todas las oportunidades que había tenido en los últimos días para ir a su casa. Desgraciadamente, Mozart había dejado de morderla y de gruñirle. La presencia de Adrian había vuelto a cambiar la personalidad del perro hasta convertirla en lo que era cuando Ray estaba con vida.

–Esa no es respuesta para mi pregunta.

–¿Que es...?

–¿Quién es ese guaperas y de dónde viene? No es de por aquí porque también me han contado que se aloja en el motel de la carretera. Lleva allí toda la semana.

–¿Pero cómo puedes saber eso también?

–Cuando un hombre conduce un Corvette de color amarillo, no puede evitar que la gente se fije en él.

Por fin, John levantó la cabeza. Había terminado de darle los puntos necesarios al perro.

–Bueno, háblame de él.

Sharni no podía decirle la verdad. Se sentiría demasiado avergonzada.

–Es solo un amigo de una amiga de Sidney –dijo–. Me está ayudando a arreglar la casa porque tengo en perspectiva venderla.

–¿Un amigo de una amiga? No me tomes por tonto, Sharni. Es más que eso.

–Muy bien, sí... es más que eso –admitió ella, sonrojándose al mismo tiempo.

–En ese caso, me alegro. Ya iba siendo hora de que empezaras a vivir una vez más. Además, está muy bien que hayas decidido vender tu casa. Ese lugar tiene demasiados malos recuerdos para ti. Bueno, háblame un poco más de ese hombre.

Sharni dudó. Entonces, decidió que podría aliviarle hablar con alguien que era tanto compasivo como objetivo. En un par de ocasiones había sentido la tentación de llamar a Janice para hablarle de su aventura con Adrian, pero le preocupaba la reacción de su hermana.

A pesar de todo, no le contó todo a John. Había algunos detalles que prefería guardar en secreto.

–En realidad, sí es un amigo de una amiga. Yo... me encontré con él cuando estuve en Sidney el pasado fin de semana.

–¿Cómo se gana la vida? El hecho de que conduzca un coche como ese me dice que no es pintor de brocha gorda.

–Es arquitecto. Muy bueno.

–Mmm... En ese caso, puede que sea un buen partido.

–¡No tengo intención de casarme con él!

–¿Y por qué no? Ese hombre debe de estar loco por ti para pasarse todos los días trabajando como un burro con este tiempo.

Efectivamente, había hecho mucho frío toda la semana. En cierto modo, le preocupaba que Adrian pudiera estar enamorado de ella. No quería que él estuviera enamorado de ella.

–Solo hace una semana que lo conozco.

–Solo hacía dos días que conocía a mi Bess cuando decidí que me iba a casar con ella.

–Adrian no es de los que se casan.

–¿Y qué es lo que le gusta entonces?

–Las morenas –dijo, sin poder contenerse.

–Mira, hija, Sidney está lleno de morenas. No tiene que venir a Katoomba para encontrar una.

–Cree que me escapé.

–Ah, entiendo. Te has convertido en un desafío para él.

Recordando lo ocurrido el lunes, Sharni decidió que no tanto como debería. Adrian parecía disfrutar haciéndola hacer cosas que resultaban potencialmente humillantes. Se había jurado que la haría suplicar y así había ocurrido en más de una ocasión a lo largo de la semana. Afortunadamente, aquel día le tocaba trabajar en la clínica y no tenía que quedarse en casa para tener que verlo constantemente y desearlo.

Jamás la tocaba o la besaba en su casa. Sin embargo, de vez en cuando la miraba y ella literalmente sufría una combustión espontánea por él. No era de extrañar que, cuando se reunía con él por la tarde, ya no le importara nada de lo que él quisiera hacerle.

–¿De qué tienes miedo con ese hombre, Sharni? Creo que a Ray no le importaría –añadió John antes de que ella pudiera contestar–. Él querría que tú fueras feliz. Si ese hombre te ama, dale una oportunidad.

–No lo comprendes...

–Lo comprendo más de lo que tú te crees. Esta semana eres una mujer diferente, Sharni. Has vuelto a la vida. Ahora, lo único que tienes que hacer es decidirte a volver a amar.

–El amor no es una decisión, John. Simplemente ocurre.

–En ese caso, deja que ocurra. No te cierres a ese hombre. Me apuesto algo a que aún no le has hablado del hijo que perdiste.

–No –admitió ella.

–Pues deberías hacerlo.

Sharni no quería hacerlo. No quería hacer ni decir nada que pudiera evitar que ella fuera a su habitación de motel aquella noche. Sabía que estaba viviendo una fantasía. Sabía que esta terminaría un día. Sin embargo, no sería ella quien la diera por finalizada. Eso tendría que hacerlo Adrian.

Hasta entonces...

–¿Cómo está Mozart? –preguntó John. Evidentemente, trataba de cambiar de tema.

–Bien.

–Louise me ha dicho que ha cambiado mucho desde que ese hombre te ayuda en la casa.

Sharni apretó los dientes. ¡Louise otra vez!

–Parece que le gusta tener a un hombre en la casa.

–Los perros son criaturas muy sensibles. Tal vez él sepa algo que tú no sabes.

–¿El qué?

John se encogió de hombros.

–¿Quién sabe? Si yo fuera el doctor Dolittle, se lo podría preguntar a Mozart en tu nombre.

Sharni se marchó algo tarde de la clínica ese viernes por la tarde. Surgió una emergencia a última hora.

Normalmente se marchaba a las cuatro, pero, cuando llegó por fin a su casa, eran ya más de las cinco.

A pesar de que el sol ya se había puesto, Adrian seguía pintando la valla con la pistola que había alquilado el día anterior. Mozart, que se mantenía a una distancia segura del pulverizador, fue corriendo a saludarla cuando llegó a su casa.

Mientras saludaba al perro, Adrian se quitó las gafas protectoras y le dedicó una sonrisa.

–Habré terminado dentro de cinco minutos. ¿Qué te parece?

Sharni contempló con admiración lo que había conseguido tan solo en cinco días. John tenía razón. Había trabajado mucho, en especial aquel día. Cuando Sharni se marchó a trabajar aquella mañana, la casa estaba solo a medio pintar. En aquellos momentos, relucía bajo la tenue luz del atardecer.

–Está estupenda –dijo ella–, pero debes de estar agotado.

–No tanto. Sin embargo, creo que necesitaré algo de tiempo para limpiarme y preparar algunas cosas antes de que tú llegues.

–¿Qué clase de cosas? –preguntó, sin poder evitar un tono de cierta preocupación en la voz.

La noche anterior, Adrian la había atado. Con el cinturón de su albornoz, le había anudado las manos a la espalda y le había dicho que fingiera ser una esclava sexual que había sido vendida a un malvado príncipe que podía hacer todo lo que quisiera con ella. Por supuesto, él era el malvado príncipe. La había excitado profundamente describiéndole imágenes eróticas en las que ella siempre tenía que estar dispuesta para satisfacer el placer del príncipe, imágenes en las que estaba atada todas las noches a la cama de su dueño y tenía que arrodillarse cuando él se lo ordenara para darle placer con la boca. Y ella lo había hecho.

Sin embargo, no quería que las cosas fueran más allá.

–Esa clase de cosas no –le dijo él–. ¿Qué te parece hoy a las ocho? No. Es algo temprano. Que sean las ocho y media.

¡Las ocho y media! Para eso faltaba una eternidad. La noche anterior se habían reunido a las siete y media.

–Ponte lo que llevabas puesto la primera vez que te vi en Sidney –le ordenó. Dicho eso, volvió a centrarse en lo que estaba haciendo.

Sharni se limitó a mirarlo. El corazón le latía con fuerza detrás de las costillas. Sin embargo, él no volvió a mirarla. Ella sabía que no lo haría. Eso era lo que siempre hacía al final de cada día. Le daba órdenes para la velada que los esperaba y luego no le hacía ni caso.

Eso siempre la excitaba. Más cada vez.

Atónita, se dirigió hacia la casa y echó a correr hacia su dormitorio. Se tiró encima de la cama y se echó a llorar. No sabía por qué estaba llorando. Aquello era precisamente lo que deseaba con Adrian. Una aventura estrictamente sexual.

Así era. Comenzó a darles puñetazos a las almohadas. «No quiero amarlo. Ni que él me ame a mí. ¡No!».

Como no podía dejar de llorar, al final tuvo que aceptar la oculta verdad. John estaba en lo cierto. Tenía miedo. Miedo de entregar su corazón y volver a sufrir una vez más. Miedo de amar y perder después.

Sin embargo, lo que estaba haciendo con Adrian ya no le hacía sentirse bien consigo misma. Si seguía por ese camino, se convertiría en una adicta al sexo.

Tenía que parar. ¡Tenía que parar aquella misma noche!

Capítulo 18

CUANDO llegó al motel de Adrian aquella noche, Sharni había tomado su decisión. No iba a resultarle fácil decirle a Adrian que no quería seguir haciendo aquello. Que quería una relación de verdad.

No debería haberse puesto las ropas que él le había ordenado. No imponían el tono adecuado. Y tampoco debería haberse tomado tanto tiempo para peinarse o maquillarse. Decididamente, se tendría que haber puesto un sujetador debajo del jersey. Seguramente, los pezones erectos le darían a Adrian un mensaje equivocado.

–¡Oh! –exclamó, cuando él abrió la puerta.

No estaba desnudo como lo había estado la noche anterior. La habitación estaba repleta de velas de todas las formas y tamaños, iluminando la oscuridad.

–¿Te gusta? –le preguntó él con una sonrisa. Entonces, le tomó la mano y la llevó al interior.

–Es... precioso.

–Decidí que esta noche tocaba el romanticismo. Con champán.

Cerró la puerta de la habitación y se dirigió hacia la mesita sobre la que tenía un cubo de hielo con una botella de champán y dos copas. Se escuchaba una suave música de fondo, seguramente de la radio.

Sharni observó cómo él descorchaba la botella y

llenaba las dos copas. ¿Cómo podía decirle que no quería algo así, dulce y romántico? No tenía nada que ver con la noche anterior, que tuvo un alto contenido erótico y sexual. Adrian también parecía diferente. Para empezar, estaba vestido con pantalones grises muy elegantes y una camisa de seda azul oscuro. Tenía un aspecto muy atractivo y elegante. Sharni se dio cuenta de que se había afeitado.

–¿Cuándo has tenido tiempo de hacer todo esto?

–No tienes por qué preocuparte de eso, hermosa Sharni. Y esta noche, ciertamente, lo eres –respondió mientras le entregaba una copa.

–Gracias...

Al ver que no bebía, Adrian se quedó mirándola muy fijamente.

–¿Ocurre algo? ¿Me he equivocado con las velas y el champán?

–No, no. Me encantan. Simplemente...

–¿Qué?

–Nada –dijo ella. Entonces, tomó un rápido sorbo de champán–. Nada.

Adrian agarró su copa con tanta fuerza que le sorprendió que no se rompiera. Nada podía funcionar con aquella mujer. Resultaba perfectamente evidente que estaba decepcionada. No le gustaba el romanticismo. Solo quería sexo. Sexo duro. Sexo sin amor. Le gustaba que él le dijera guarradas, que la atara y que la forzara. Le gustaba ejercer de esclava de amor.

Adrian había creído que ella se aburriría con nada más que sexo. Que terminaría por querer algo más. ¡Se había equivocado!

Aquella noche, Adrian debería entonar el canto del

cisne. La casa tenía un aspecto bastante bueno. Sharni podía venderla ya sin perder demasiado dinero. En cuanto a él... iba a marcharse de allí. Lo haría a la mañana siguiente. Aquella noche, sería solo para él. Iba a poseerla de todas las formas posibles sin importarle si a ella le gustaba o no.

En aquel momento, su teléfono móvil empezó a sonar, sacándole de tan vengativos pensamientos.

–Perdona –dijo, antes de contestar–. Adrian Palmer.

–Adrian, soy yo. Tu madre.

–¡Mamá! No es propio de ti llamarme al móvil.

–He intentado hablar contigo en tu casa, pero me salía el contestador todo el rato. Te he dejado un montón de mensajes para que me llamaras, pero no lo has hecho.

–Lo siento. En estos momentos no estoy en casa.

–Y seguro que no estás de vacaciones. Jamás te vas de vacaciones. Ni vienes a visitar a tu madre.

–En eso tienes razón, mamá. He estado trabajando. ¿Qué ocurre?

–¿Tiene que ocurrir algo para que yo llame a mi hijo? Solo quería preguntarte si te apetecería venir a visitarme este fin de semana.

–¿Por alguna razón en particular?

–Solo que no te veo desde Semana Santa. Por supuesto, si estás trabajando...

–Me encantaría ir a verte –dijo él, inmediatamente.

–Eso es maravilloso. ¿Cuándo podrías venir?

–Un momento.

Tapó un momento el teléfono y miró a Sharni, pensando que aquel iba a ser el clavo con el que iba a terminar por completo el ataúd de su relación.

–Mi madre me ha pedido que vaya a verla este fin de semana –le dijo–. ¿Te gustaría acompañarme?

La sonrisa que ella esbozó fue tan inesperada que Adrian estuvo a punto de dejar caer el teléfono.

–Me encantaría, pero...

–¿Qué?

–¿Y Mozart?

–Nos lo llevaremos.

–¿Podemos?

–¿Y por qué no?

–No se adapta muy bien a lugares desconocidos. Creo que sería mejor que lo lleváramos a casa de mi hermana a Swansea y luego tomar un avión desde el aeropuerto de Newcastle.

–O podríamos ir en coche. Podríamos parar en un motel mañana y hacer el resto del viaje el domingo por la mañana.

A Sharni pareció gustarle la idea.

–Me encantaría. No me hacen mucha gracia los aviones.

La alegría de Adrian se le reflejaba perfectamente en la voz cuando retomó la conversación con su madre.

–Mamá, ¿te importaría que me llevara a alguien?

–¿Te refieres a una chica?

–Sí.

–No me lo puedo creer, hijo mío. ¿Hablas en serio?

–Sí –dijo él. Entonces, miró a Sharni–. Mucho.

–Estaba empezando a pensar que podrías ser gay.

Adrian soltó una carcajada.

–Lo siento.

–Oh, Adrian. Estoy tan contenta...

–Espera a que la conozcas. Mira, vamos a ir en coche, así que no llegaremos a tu casa hasta la hora de almorzar del domingo. Por supuesto, no pienso ir a no ser que me prepares mi comida favorita.

–Pierna de cordero asada.

–Así es.

–Siempre te gustó mucho...

–Con pastel de manzana y helado de postre.

–Me alegra ver que, en el fondo, sigues siendo un chico de gustos sencillos. ¿Cómo se llama esa chica?

–Sharni –dijo, mientras la miraba con los ojos llenos de adoración.

Sharni sintió el impacto de aquella mirada. Adrian jamás la había mirado así antes. Esa mirada hizo pedazos todas sus dudas sobre el hecho de que él solo la quisiera para el sexo e hizo que se sintiera maravillosa y avergonzada al mismo tiempo.

No escuchó el resto de la conversación que él tenía con su madre porque empezó a planear mentalmente lo que le iba a decir cuando terminara la llamada.

Tras colgar, Adrian se volvió hacia ella con expresión cauta.

–Tengo que admitir que me has sorprendido –dijo–. Estaba seguro de que dirías que no.

–Tal vez ayer lo habría hecho, pero hoy me he dado cuenta de que me estaba comportando como una idiota. Siento haber dejado que pensaras que lo único que quería de ti era sexo, Adrian. No es cierto. Quiero tener mucho más que una aventura contigo.

–¿Cuánto más?

–Aún no lo sé, pero me gustaría tener la oportunidad de descubrirlo.

–¿Quieres decir que esta noche no quieres sexo? –le preguntó él frunciendo el ceño.

Sharni lo miró. Las velas. La cama. Mentir no era el mejor modo de comenzar una relación.

–No quiero sexo. No.

Adrian no pudo ocultar su desilusión.

–Quiero que me hagas el amor –añadió ella. Entonces, se acercó a él para abrazarlo.

Capítulo 19

AÚN ESTOY asombrada –dijo Janice, que miraba a Sharni sin dejar de sacudir la cabeza. Las dos hermanas estaban sentadas bajo la pérgola que Janice tenía en el jardín trasero de su casa. Pete estaba ocupado preparando una barbacoa mientras que Adrian estaba a su lado con una cerveza entre las manos. Los dos hijos de Janice jugaban acompañados de Mozart, que los perseguía lleno de alegría.

–¿Te refieres al parecido que Adrian tiene con Ray?

–Sí, bueno, a eso también. No me extraña que pensaras que podría ser el hermano gemelo de Ray. Sin embargo, yo me refería al cambio que se ha producido en ti. Estás radiante.

–Soy muy feliz –admitió Sharni, con una sonrisa.

La noche anterior había sido maravillosa. Adrian le había demostrado que podía ser igual de bueno comportándose como tierno amante. Al día siguiente, mientras se dirigían a Swansea, habían empezado a tener por fin una conversación profunda y con significado. Sharni lo sabía todo sobre su infancia, que parecía completamente perfecta. Resultaba evidente que sus padres lo habían adorado.

Adrian también sabía más sobre ella, pero Sharni aún no había podido contarle nada sobre el bebé que había perdido. No parecía capaz de encontrar el momento adecuado para sacar el tema.

–Te ama –anunció su hermana.

–Sí –afirmó Sharni, a pesar de que Adrian jamás se lo había dicho con palabras. Sin embargo, ella había visto su amor la noche anterior y lo había sentido una y otra vez.

–¿Lo amas tú a él?

–Sí –confesó–. Es un hombre maravilloso y un amante espléndido.

–¿Pero?

Sharni suspiró. Por supuesto, Janice se había dado cuenta de las dudas que su hermana pequeña tenía acerca de sus sentimientos.

–No me siento igual que me sentía con Ray. No me malinterpretes. Lo que hay entre nosotros es genial, pero falta algo...

Janice guardó silencio durante unos minutos.

–Yo sé lo que te falta –dijo, por fin.

–¿Qué?

–Necesidad.

–¿Qué quieres decir con eso?

–De niña, tú siempre traías a casa gatos abandonados y pájaros con las alas rotas. Te encantaba cuidar de animales heridos. Ray era precisamente eso. Un animal herido. Su indefensión llenaba plenamente tu necesidad de cuidar de los demás. Me apuesto algo a que, en el fondo, no crees que Adrian te necesita. Crees que él saldría adelante perfectamente sin ti.

–Por supuesto que sí. Míralo, Janice. Tiene todo lo que un hombre podría tener. Físico, inteligencia, éxito, encanto, seguridad en sí mismo... Podría conseguir a la mujer que quisiera.

–Pero solo te quiere a ti, hermanita. ¿Es que no lo ves?

Lo veía, pero aún no estaba segura del porqué.

–¿Le has contado lo del bebé?

–Aún no. Lo haré muy pronto –respondió. Inmediatamente captó la mirada de desaprobación de su hermana–. Solo hace una semana que nos conocemos, Janice –añadió. Aunque parecía toda una vida.

–No dejes que se te escape, Sharni.

Ella aún estaba pensando en las palabras de Janice cuando retomaron el viaje hacia la casa de la madre de Adrian.

–He reservado una habitación en un motel de Nambucca Heads –le dijo Adrian mientras avanzaban por la autopista en su potente coche–. Está a más de la mitad del camino que nos falta para llegar a casa de mi madre.

–Estupendo.

–¿Estás cómoda?

–Este coche es fantástico. Es tan silencioso y rápido.

–Como se suele decir, en algún sitio tiene que llevar lo que cuesta.

–Mmm...

–A Mozart no pareció importarle que lo dejáramos con tu hermana.

–Desde que has llegado tú, es un perro completamente diferente. Ya ni siquiera muerde a Louise, lo que es una pena.

–No es tan mala mujer...

–No tienes que vivir a su lado.

–Es cierto. ¿Te apetece escuchar algo de música o prefieres seguir charlando?

Aquel era el momento oportuno para hablarle del bebé, pero, una vez más, no pudo hacerlo.

–Resultaría agradable escuchar algo de música. Janice habla un montón y estoy algo cansada.

–¿Por qué no tratas de dormir un poco?

Adrian encendió la radio y ella cerró los ojos. El sueño se apoderó de ella con sorprendente rapidez, posiblemente porque no había descansado mucho durante aquella semana.

Cuando se despertó, se quedó atónita al ver que el sol estaba empezando a ponerse en el horizonte.

–¿Has descansado, Bella Durmiente?

–Mucho. ¿Dónde estamos?

–Casi hemos llegado.

–Debes de estar cansado de conducir.

–Un poco. Creo que esta noche podríamos cenar en la habitación. ¿Te gusta la comida china?

–Me parece bien.

–¿Sabes que eres la mujer más adaptable que he conocido nunca?

–Todas mis antepasadas lo fueron –comentó ella, sonriendo.

–Tal vez tengas razón. Tu hermana es estupenda. Y su marido también. No me importaría tenerlos de cuñados.

Sharni contuvo el aliento.

–¿Qué has dicho?

–Ya me has oído.

–¿Me estás pidiendo que me case contigo? –preguntó ella, sin poder evitar sonar algo conmocionada.

–Maldita sea... Quería hacerlo bien, de rodillas y con un enorme diamante en la mano. Y lo haré. Cuando tenga oportunidad.

–Pero... pero... Ni siquiera me has dicho que me amas.

–¿De verdad? Creía que lo había hecho anoche...

–No.

–Maldita sea. Otra metedura de pata –dijo. Entonces,

se apartó a un lado de la carretera, detuvo bruscamente el coche y se volvió para mirarla–. En ese caso, deja que remedie ese error inmediatamente –añadió. Le tomó el rostro entre las manos y la besó suavemente en los labios–. Te amo, Sharni Johnson. Te amo tanto que me niego a vivir el resto de mi vida sin ti como mi esposa.

–El matrimonio es un paso muy importante, Adrian.

–Sí, lo sé.

–Pero yo... tal vez no pueda tener... hijos.

Había estado a punto de decir *más* hijos.

–Ya nos ocuparemos de ese tema cuando llegue el momento. Juntos.

Esas palabras la emocionaron terriblemente. Sin embargo, una vez más, se estaba haciendo cargo de todo. Aquella vez demasiado rápidamente.

–Me estás metiendo algo de prisa...

–La vida es corta, Sharni.

–Yo necesito algo más de tiempo.

–No demasiado. No soy un hombre paciente.

–Eso ya me lo había imaginado.

–Pero tú me amas, ¿verdad? –le preguntó. Entonces, volvió a besarla. Más apasionadamente.

–Sí, sí, claro que te amo.

Adrian sonrió lleno de satisfacción.

A la mañana siguiente, cuando Sharni entró en el cuarto de baño para decirle que su desayuno había llegado ya, tenía en los labios la misma sonrisa.

Ella se había acostumbrado a las pequeñas diferencias que había entre Ray y él, en especial en el rostro. A pesar de todo, ver los rasgos de Ray en el espejo la dejó completamente sin aliento.

Cuando él se dio la vuelta, Sharni pensó que seguramente se estaba volviendo loca. Cara a cara, las diferencias volvían a estar presentes.

–¿Qué te pasa?

–¿Qué? Nada. Nada. Ya han traído el desayuno.

–Bien, porque debemos ponernos pronto en camino para poder llegar a casa de mi madre a la hora de comer.

Su madre vivía en Kingscliff, una ciudad costera entre Nueva Gales del Sur y Queensland. Llegaron justo antes de mediodía. Sharni se puso un poco nerviosa ante la perspectiva de conocer a la madre de Adrian. Sin embargo, trató de no demostrarlo.

Kingscliff era una ciudad preciosa, al igual que la casa de la madre de Adrian, una construcción muy grande que se erguía en lo alto de una colina y desde la que se disfrutaba de una maravillosa vista panorámica del Pacífico. Estaba cerca de la playa y de la calle principal de la ciudad, en la que había muchos restaurantes y tiendas.

–Esta solía ser la casa a la que veníamos de vacaciones –le explicó Adrian mientras se bajaban del coche–. Mi padre tenía su consulta en Brisbane, pero nos pasábamos todas las Semanas Santas y las Navidades aquí. Cuando mi padre se jubiló, me dijo que quería vivir aquí permanentemente, pero la casa era entonces muy pequeña. Me pidió que realizara los planos para una ampliación y... ¡aquí está!

–Evidentemente eres un maravilloso arquitecto –dijo Sharni. Los dos se estaban abrazando cuando se abrió la puerta principal y salió una señora que no se parecía en nada a Adrian.

Era muy menuda, de baja estatura, con el cabello grisáceo, ojos oscuros y una gran nariz, que, evidentemente, Adrian no había heredado. Al verlos, la mujer sonrió y comenzó a bajar por el sendero.

–Habéis llegado antes de lo que esperaba –dijo–. Espero que no hayas pisado demasiado el acelerador.

Adrian se echó a reír y abrazó cariñosamente a su madre.

–Lo he intentado, pero Sharni me ha dicho que, si lo hacía, me mataba.

–Buena chica –comentó la mujer afectuosamente–. Mi hijo necesita que lo aten corto. Cree que es invulnerable.

Sharni sonrió.

–Sí. Ya me he dado cuenta.

–Me lo imagino –dijo la madre. Entonces, tras abrazar a Adrian, abrazó también a Sharni–. No sabes lo mucho que me alegro de conocerte, querida mía. ¿Sabes que eres la primera chica que Adrian me trae a casa desde el instituto?

–Yo no soy una chica, señora Palmer. Tengo treinta años.

–Pues a mí me lo pareces. Yo voy a cumplir ya los setenta y seis.

–No los aparenta.

–¡Qué encanto eres! –exclamó, entrelazando el brazo con el de Sharni–. No la dejes escapar, Adrian.

–No tengo intención de hacerlo.

–Por cierto, hija, llámame May –le dijo la mujer mientras la conducía hacia la casa.

Poco a poco, Sharni se fue tranquilizando gracias a la calurosa bienvenida de la anciana. Le había preocupado que la madre de Adrian pensara que ella no era suficiente para su maravilloso hijo.

La casa resultaba igual de hermosa en el interior que en el exterior, tal y como pudo comprobar Sharni después de una breve visita al baño. Cuando regresó al salón, tomó asiento en el sofá con una copa de jerez en la mano.

–¿Qué te parece mi madre? –le preguntó Adrian cuando la anciana se marchó a la cocina para ver el progreso de su cordero.

–Es muy agradable –respondió. Se guardó mucho de decir que no se parecía físicamente en nada a él.

A los pocos minutos, May regresó al salón y se acomodó en el sofá con una copa de jerez en la mano.

–La comida va a tardar unos cuarenta minutos más. ¿Estás seguro de que no te apetece beber nada, Adrian? Hay cerveza en el frigorífico.

–Tomaré un poco de vino con la comida. Mientras tanto, me gustaría mostrarle una cosa a Sharni.

Se puso de pie y se acercó a un mueble de roble que estaba repleto de fotos. La mayoría eran de Adrian, aunque también había alguna de sus padres. En ellas, Sharni pudo comprobar que el padre de Adrian era poco más alto que su madre. ¿De dónde había sacado Adrian su altura?

–¿Siguen los álbumes de fotos familiares aquí? –le preguntó Adrian a su madre mientras abría una de las puertas.

–Sí... –replicó la anciana. A Sharni le pareció que se ponía algo nerviosa.

Una vez más, ella no pudo evitar pensar en las dudas sobre la paternidad de los padres de Adrian.

–Ah... Aquí está el que buscaba –anunció él–. Este álbum contiene todas las fotos de mi infancia –añadió, tras sentarse al lado de Sharni y abrir el álbum–. Aquí está mamá cuando estaba embarazada. De unos seis meses, ¿verdad, mamá?

–Más o menos –replicó su madre. Parecía muy tensa.

La foto sorprendió a Sharni. Su madre parecía mucho más joven de los cuarenta años que debía de tener cuando nació Adrian. Tenía el cabello corto y oscuro y los ojos le brillaban llenos de felicidad. Estaba en un parque, recostada contra un árbol, con las manos apoyadas cariñosamente sobre el abultado vientre.

–Y este soy yo dándome mi primer baño –señaló Adrian–. Sí. No tienes que decir nada. Estaba un poco escuálido entonces, pero nací con un mes de antelación. ¿Ves? Este soy yo con tres meses. Ya me había redondeado bastante.

Sharni no miró la foto de Adrian con tres meses. Aún seguía contemplando la de Adrian tomando su primer baño y, sobre todo, a la mujer que lo sujetaba. Su madre. May.

Podría ser que un hombre no se fijara en el cabello, pero ella sí. Inmediatamente.

No estaba corto como lo había estado en la foto en la que estaba embarazada de seis meses. Era mucho más largo. De hecho, le llegaba por debajo del hombro. Era imposible que el pelo pudiera crecer tanto en un par de meses. Y no era una peluca. Una mujer jamás se compraría una peluca con canas.

«Dios mío... Adrian fue adoptado». Sus sospechas no habían tenido nada de infundadas. Adrian era el hermano gemelo de Ray. ¡Tenía que serlo!

–Mamá, ¿te puedes creer que Sharni creyó que yo era adoptado? –comentó Adrian en tono humorístico.

Al igual que Adrian, Sharni miró a May. Sintió que se le contraía el estómago al notar el miedo en los ojos de la mujer.

–¿Y por qué pensó eso? –le preguntó May a Adrian.

–Sharni estuvo casada antes –respondió Adrian, sin percatarse en absoluto de la alarma de su madre–. Su esposo murió en un descarrilamiento de tren hace unos cuantos años.

–Lo siento mucho, Sharni, pero sigo sin comprender por qué creíste que mi hijo era adoptado.

–Porque soy idéntico a su marido y a él sí lo adoptaron –explicó Adrian–. De hecho, el parecido es tal que Sharni creyó que podríamos ser hermanos y que nos separaron en el nacimiento para que nos adoptaran dos familias diferentes.

Tal vez si su madre no se hubiera derramado el jerez en el regazo, Adrian podría haber seguido ignorando la verdad. El hecho de que se quedara inmóvil al lado de Sharni en vez de ir a ayudar a su madre le hizo comprenderlo todo. Fue Sharni la que se levantó y ayudó a la nerviosa mujer.

–Estoy tan torpe ahora –susurró May, en un último y desesperado intento por tapar de nuevo las cosas.

Su esfuerzo resultó en vano.

–Soy adoptado, ¿verdad?

Las palabras de Adrian cortaron el aire del salón desde el lugar en el que estaba aún sentado, con el maldito álbum sobre las rodillas.

Sharni vio que la desesperación se reflejaba en los ojos de la madre.

–No, Adrian, no...

–¡No me mientas!

–No te estoy mintiendo. Tu padre y yo... –susurró. Evidentemente, se sentía derrotada– tu padre y yo te robamos.

Capítulo 20

ADRIAN observó a su madre y luego a Sharni, que tenía un aspecto tan atónito como el de él.

–Me robasteis... –repitió, completamente pasmado–. ¿Qué quieres decir con eso?

Su madre se reclinó sobre el sillón y se tapó el rostro con las manos.

–Jamás creí que te enterarías –sollozó–. No puedo creer que esto esté ocurriendo de verdad.

–Mamá, por el amor de Dios... Tranquilízate y cuéntame lo que hicisteis papá y tú.

–Adrian, no... –le advirtió Sharni. Entonces, comenzó a acariciar suavemente los hombros de May–. ¿No ves lo disgustada que está?

–¡Que está disgustada! –exclamó él, con una mezcla de furia y confusión–. ¿Y yo?

–Por supuesto que tú también estás disgustado –dijo ella, mirándolo con cariño–, pero eres más fuerte que ella.

–¿Tú crees?

Adrian no se sentía fuerte en aquellos momentos. Se sentía destrozado. Los cimientos de su vida se estaban desmoronando después de la asombrosa revelación de su madre.

–Sí, lo eres.

La seguridad que había en la voz de Sharni lo tranquilizó, al igual que la compasión que se reflejaba en sus ojos.

–Señora Palmer –le dijo Sharni muy suavemente. Entonces, se arrodilló a su lado–. Tiene que contarle a Adrian qué fue lo que ocurrió. Él necesita saber toda la historia.

–No... no lo va a comprender.

–Lo comprenderá.

Adrian no estaba tan seguro, pero le conmovía la convicción de Sharni. Entonces, volvió a mirar las fotos del álbum.

–Esta foto tuya embarazada... ¿Era un montaje? ¿Te metiste un cojín en la tripa?

–No –susurró su madre, con el rostro lleno de lágrimas–. Estaba embarazada de verdad. Ya había tenido tres abortos, pero aquella vez todo parecía ir bien. Yo... yo me puse de parto poco después de que se tomara esa foto. El bebé murió a las pocas horas de nacer. Era un niño...

–Sigue.

–Hubo complicaciones y... y después de eso no pude volver a tener otro hijo. Caí en una profunda depresión. Tu padre... él estaba muy preocupado por mí.

–¿Y fue a robarte un bebé para dártelo? No me puedo creer que hiciera eso. Papá no. Siempre insistía en hacer lo que se debía hacer. Diablos, me educó sobre el principio de que la sinceridad es lo mejor.

–Sabía que no lo entenderías...

–Adrian, no –le reprobó Sharni.

–¿Que no qué? –exclamó él arrojando el álbum al suelo. Entonces, se puso de pie.

–No seas cruel –le recriminó Sharni.

–No importa, querida –dijo May–. Tiene derecho a estar enfadado.

–¿Cómo ocurrió? –preguntó Adrian–. ¿De dónde me robasteis? ¿De un hospital?

–¡No! No fue así... No fue intencionado...

–Simplemente me caí del cielo, ¿no?

–No, por supuesto que no...

–Adrian –le espetó Sharni, mirándolo con desaprobación–. ¿Por qué no te callas y dejas que tu madre se explique?

–Bien –dijo él, extendiendo las manos a modo de rendición–. Explícate. Si puedes.

–Dios...

–Solo tiene que decir la verdad, May –la animó Sharni.

–Lo intentaré, querida –dijo ella mirando con nerviosismo a su hijo–. Por aquel entonces, tu padre tenía una consulta en Sidney. Surrey Hills. No era de las mejores zonas, pero sabes que a tu padre le gustaba ayudar a los que eran menos afortunados que él. Yo no había vuelto a trabajar desde que mi bebé había muerto tres años antes. No pude. Un viernes, fui a buscar a tu padre a la consulta para salir a cenar. Su recepcionista acababa de marcharse y él estaba cerrando la consulta cuando una joven entró. Evidentemente, estaba de parto. Ya era demasiado tarde para llamar a una ambulancia. El niño ya venía de camino. Yo ayudé a tu padre con el parto, sin saber en aquellos momentos que era un parto de gemelos. Todo ocurrió tan rápidamente... –susurró–. Nos quedamos muy asombrados cuando apareció el segundo bebé. La muchacha admitió que no había ido al médico durante su embarazo y que no tenía ni idea de que estaba esperando gemelos. Tampoco sabía quién era el padre de sus hijos. Se había marchado de su casa y estaba viviendo en una casa ocupada. Mientras Arthur la estaba atendiendo después del parto, la muchacha comenzó a quejarse de un fuerte dolor de cabeza. A los pocos segundos estaba muerta. Después descubrimos que había sufrido un aneurisma. De repente, teníamos dos niños recién nacidos en brazos.

–Y decidisteis robar uno...

May hizo un gesto de pesar.

–Arthur estaba completamente en contra de la idea, pero vio que yo estaba decidida. Yo me quería quedar con los dos niños, pero él dijo que no conseguiríamos que nadie se lo creyera. Me dijo que tenía que elegir.

–¿Por qué a mí y no a mi hermano?

–Eras un poco más grande y más fuerte. Además, no llorabas. Tu hermano no paraba de llorar. Arthur dijo que un bebé que no paraba de llorar atraería más la atención. Te llevé a casa en un taxi mientras que Arthur llamaba a la policía y a una ambulancia. No mencionó que la muchacha había tenido gemelos. Yo aún tenía todo lo que había comprado para mi propio hijo. No había podido tirarlo –tragó saliva–. Aquella noche hice las maletas y me marché contigo a Brisbane. Yo tenía una tía allí. Mi única pariente viva. Seguramente no te acuerdas de ella. Murió cuando tú eras muy pequeño. Le conté la verdad de lo ocurrido y ella me dejó que me quedara en su casa hasta que Arthur lo solucionara todo en Sidney. Sabíamos que teníamos que huir para poder empezar una vida en la que pudiéramos fingir que tú eras de verdad nuestro hijo. Por suerte, Arthur no tenía familia en Australia. Como sabes, se marchó de Inglaterra cuando tenía treinta años. Cuando su padre murió, su madre se casó con un hombre al que él no soportaba y perdió toda relación con ellos.

–¿Y vuestros amigos? ¿No teníais amigos que se preguntaran dónde os habíais ido?

–Desde la muerte de nuestro hijo no nos relacionábamos mucho con nadie debido a mi depresión. No. No teníamos amigos.

A Adrian le costó mucho asimilar todo lo que su madre le estaba contando. De repente, sintió una fuerte necesidad de marcharse. Tenía que pensar, tratar de aceptar todo lo ocurrido.

–Si eso es todo, me voy a dar un paseo –dijo, de repente.

–Adrian, no... no hagas eso –le suplicó Sharni.

–No importa –dijo su madre–. Eso es lo que siempre hace cuando está disgustado.

De repente, a Adrian le molestó que, aquella mujer que no era su madre, lo conociera tan bien.

–Solo una cosa antes de marcharme –le espetó–. ¿Descubriste alguna vez algo sobre mi verdadera madre?

–Sí. Arthur hizo averiguaciones. Provenía de una acaudalada familia de Sidney, pero sus padres no quisieron hacerse cargo de un nieto ilegítimo. Sin pensárselo dos veces, firmaron los papeles para que se llevara a cabo la adopción.

Adrian no podía creer que le doliera el rechazo de personas que ni siquiera conocía, pero así era.

–Entiendo –dijo–. Tampoco me habrían querido a mí.

–Yo sí te quería –afirmó May. Un fiero amor maternal se reflejó en sus llorosos ojos–. Desde el primer momento en el que te tomé en brazos.

Los ojos de Adrian se llenaron de lágrimas. El pánico se apoderó de él. No quería llorar delante de la mujer que amaba. Se negaba a permitir que ella viera que no era el hombre fuerte y seguro de sí mismo del que se había enamorado.

¿Se había enamorado de verdad? De repente, el miedo se apoderó de él.

«Soy el hermano gemelo de su esposo. No solo su doble. Tengo el mismo ADN. Engañé a su perro. ¿La habré engañado también a ella? ¿Es mía de verdad o solo me ve como un sustituto del esposo que perdió?».

El pensamiento lo horrorizó.

–Si me perdonáis, ahora necesito estar solo.

Capítulo 21

ME ODIA –dijo May después de que Adrian se marchara de la casa.
–No, no te odia –afirmó Sharni–. Está en estado de shock, pero en una cosa tienes razón. No comprende lo que te empujó a quedarte con él. Yo sí. Te aseguro que sí, May. Sé lo que es perder a un hijo al que se desea mucho.

–¿Sí?

–Sí. Yo estaba embarazada cuando mi esposo murió. El dolor hizo que me pusiera de parto prematuro y el bebé murió. Era un niño.

–Oh, Sharni... Pobrecilla. Al menos yo tenía a Arthur para que me animara.

–Fue muy duro –admitió Sharni. Le sorprendía poder hablar de lo ocurrido sin echarse a llorar.

–¿Cómo era tu esposo? ¿El hermano de Adrian?

–Era un hombre encantador. Muy dulce y muy amable, pero no tenía seguridad alguna en sí mismo. No se parecía en nada a Adrian en ese aspecto. Creo que era el gemelo del otro lado del espejo de Adrian. Como enfermera, tú debes de haber oído hablar al respecto.

–Sí.

–Cuando vi a Adrian por primera vez, creí que era el doble idéntico de Ray. Después de un tiempo, me di cuenta de que había ciertas diferencias. Entonces, la otra mañana, vi su imagen en el espejo y fue como si me estuviera mirando Ray.

–En realidad es increíble que hayas conocido a Adrian en una ciudad de cuatro millones de personas. De repente, tú vas y te encuentras con el hermano gemelo de tu esposo.

–Tal vez fuera el destino. O Ray desde el cielo, empujándome a conocer al único hombre que podría conseguir que volviera a ser feliz.

–¿Y lo ha conseguido?

–Sí. Mucho. Dime, ¿dónde podría haberse ido Adrian?

–Estoy segura de que habrá bajado a la playa.

–Iré a buscarlo. Te aseguro que todo va a salir bien –afirmó Sharni–. Adrian te quiere mucho. Nada va a poder cambiar eso.

–Espero que tengas razón, querida. Supongo que no es fácil descubrir algo así a esa edad.

–Así es, May. Mi esposo jamás pudo aceptar el hecho de que fuera adoptado. Siempre sufrió de una cierta sensación de abandono.

–¡Pero si no lo abandonaron! Su madre murió. ¿No se lo dijeron?

–No. Su madre adoptiva siempre le dijo que lo habían entregado en adopción porque no lo querían.

–¡Qué horror!

–Era una mujer estúpida y egoísta. Jamás me llevé bien con ella. Cuando murió, animé a Ray a investigar un poco los detalles de su adopción, pero decidió no hacerlo. Al menos Adrian sabe lo que ocurrió realmente.

–Sí, eso es cierto.

–Aún no le he contado a Adrian nada sobre el bebé que yo perdí. Creo que ahora es el momento adecuado.

Podría ayudarle a comprender por qué tú hiciste lo que hiciste.

Los ojos de May se llenaron de lágrimas.

–Y yo que creía que había sido una mala suerte que te conociera precisamente a ti. No es cierto. Mi hijo ha tenido mucha suerte conociéndote. Tú eres justamente lo que necesita.

«Justamente lo que necesita».

Las palabras de May resonaron en la cabeza de Sharni mientras se dirigía hacia la playa. Janice estaba en lo cierto. Eso era precisamente lo que le faltaba de su relación con Adrian. La sensación de que él la necesitara.

Se moría de ganas por encontrarlo, por asegurarle que lo superaría, que, en realidad, nada había cambiado en su vida. Su madre seguía amándolo y ella también. Más que nunca.

Adrian sintió la presencia de Sharni antes de que ella se sentara a su lado sobre la arena. No se volvió para mirarla. Siguió contemplando el mar.

–Bien. Tú estabas en lo cierto y yo estaba equivocado –dijo por fin–. Soy el hermano gemelo de tu esposo muerto.

–Sí. Así es...

–¿No te molesta eso en absoluto?

–No.

–Pues a mí sí.

–¿Por qué?

–Si me preguntas eso, es que no comprendes en absoluto a los hombres.

–Te aseguro que a Ray no le importaría.

–A mí sí. Tú eres su esposa. Lo amaste a él en primer lugar. Yo soy el segundo plato.

–Eso no es cierto. Sí. Claro que amé a Ray, pero te amo a ti tanto como a él.

–No quiero vivir mi vida sustituyendo a otra persona.

–Es imposible que eso sea así, Adrian. Si hubieras conocido a Ray, sabrías lo diferente que eres de él.

–Bueno, no lo conocí. Me negaron esa oportunidad cuando mi querida madre me robó. Bueno, en realidad no es mi madre...

–¡No te atrevas a decir eso! –rugió Sharni–. May es tu verdadera madre igual que tu padre era tu verdadero padre. Ellos te dieron todo lo que un niño podía esperar y desear. Cariño, seguridad, una buena educación y una gran autoestima. Te aseguro que Ray no tuvo ni la mitad de todo eso.

–Podría haberlo tenido si nos hubieran mantenido juntos.

–Tal vez sí o tal vez no. Sospecho que él siempre habría estado a tu sombra. Tú eras el más fuerte de los dos, Adrian. Sin embargo, ya no se puede cambiar lo hecho. Todos somos víctimas de las circunstancias, en especial cuando somos niños. No obstante, cuando nos hacemos adultos, tenemos opciones. Tú puedes elegir mostrarte amargado y resentido por una decisión que se tomó hace treinta y seis años y en la que tú no tuviste parte alguna. O puedes elegir ser comprensivo y perdonar.

–Eso está muy bien para ti, Sharni, pero... ¿cómo puedo ser comprensivo con algo que no entiendo? No todas las mujeres que pierden un hijo van a robar uno de otra mujer.

–No, pero tu madre no solo había perdido un hijo, Adrian. Ya había perdido tres. Además de eso, sabía que no podría volver a quedarse embarazada.

–Podrían haber adoptado. Del modo tradicional.

–Eran demasiado mayores como para que se les tuviera en cuenta.

–Se podrían haber ido a otro país.

–¿Hace treinta y seis años? Vamos, Adrian. Nadie hacía algo parecido por aquel entonces.

–A pesar de todo, uno no va por ahí robando niños.

–Ella no quería hacerlo, Adrian. El destino le puso la tentación delante. Simplemente, no pudo decir que no.

–Mi padre lo tendría que haber hecho.

–No podía hacerlo. Si la amaba tanto como es evidente que la quería, le habría sido imposible.

–Es cierto. La adoraba.

–Y los dos te adoraban a ti. Eso no puede ser nada malo...

–No –afirmó Adrian tras soltar un profundo suspiro–. Los dos fueron unos padres maravillosos, pero es que resulta todo tan increíble...

–Es normal... ¿Sabes esa habitación de mi casa en la que no quise que entraras? La que está al lado del cuarto de baño.

Adrian frunció el ceño al ver que Sharni cambiaba de tema. Cuando giró la cabeza para mirarla, vio que ella tenía la mirada perdida en el horizonte.

–Sí. ¿Qué pasa con ella?

–Es una habitación infantil. De color azul... No se utilizó nunca, pero lo tiene todo. Cuna, cambiador, juguetes, ropa... –susurró. Entonces, se volvió a mirar a Adrian. La barbilla le temblaba ligeramente–. Yo estaba embarazada de cinco meses y medio cuando Ray murió. El sufrimiento hizo que me pusiera de parto y mi hijo no pudo sobrevivir... Conozco perfectamente el dolor que experimentó tu madre, Adrian. Cuando te sientes muerta por dentro, es como si algo te desgarrara. Tú le devolviste la vida a May. Por eso no pudo entregarte. Por eso tuvo que quedarse contigo. Yo estuve muerta por dentro durante cinco largos años. Cuando llegaste tú, me devolviste la vida de un modo que jamás creí posible –añadió. Entonces, extendió la mano y le acarició suavemente la mejilla–. No eres el sustituto de Ray. Tú eres tú, Adrian Palmer, y te quiero más de lo que se puede describir con palabras. De camino aquí, me pediste que me casara contigo. Si la oferta aún sigue en pie, la respuesta es sí.

Cuando Adrian la miró a los ojos, sintió que toda su confusión emocional se desvanecía y se veía reemplazada por la absoluta certeza de que ella le estaba diciendo la verdad. Sharni lo amaba. Lo amaba de verdad.

Era una mujer increíble. Después de todo lo que había pasado, se sentía capaz de enfrentarse a la vida con coraje y optimismo. Capaz de amar.

La tomó entre sus brazos y la estrechó con fuerza contra su cuerpo.

–Me haces sentir más humilde... No te merezco.

Sharni sintió una maravillosa paz interior cuando Adrian la abrazó. Se alegraba de haberle contado por fin lo de su hijo. Por fin, ya no había secretos entre ellos. Solo amor.

–Te haré muy feliz –prometió él mientras le apretaba los labios contra el cabello.

–Ya lo has hecho. Vamos. Regresemos al lado de tu madre para disfrutar de esa comida que, tan amablemente, nos ha preparado.

–Le he hecho daño, ¿verdad? –comentó Adrian mientras los dos subían de la mano por la colina.

–Nada que un buen abrazo no pueda arreglar –replicó Sharni–. Las madres lo perdonan todo.

–Efectivamente, ha sido una madre maravillosa –admitió.

Adrian pensó en el hijo que Sharni había perdido. Evidentemente, tener un hijo significaría mucho para ella.

En silencio, mientras le apretaba con fuerza la mano, se juró que le daría otro hijo. «O moriré intentándolo».

Capítulo 22

ADRIAN ya no podía permanecer sentado en su escritorio más tiempo. No podía concentrarse en su trabajo.

Se levantó y se dirigió hacia la cocina, donde se sirvió una taza de café. Cuando miró el reloj, vio que era más de mediodía. La cita que Sharni tenía con el especialista era para las diez y media. Seguramente ya habría terminado. Adrian le había pedido que llamara en cuanto pudiera, pero el teléfono había permanecido en silencio.

Habían pasado cinco semanas desde su memorable viaje a Kingscliff, tiempo más que suficiente para que Adrian le hubiera comprado a Sharni un anillo de compromiso muy caro y que los dos hubieran comenzado a preparar su boda, que iba a celebrarse a finales de año.

Aún no había conseguido que ella se fuera a vivir con él. Sharni insistía en quedarse en Katoomba hasta que lograra vender su casa. Sin embargo, viajaba a verlo todos los fines de semana, que era mucho más fácil que él fuera a verla a ella.

Mozart había encontrado un nuevo hogar en casa de la hermana de Sharni, dado que les había tomado mucho afecto a los hijos de Janice. Por lo tanto, tener que dejarlo solo ya no representaba un problema.

Mientras tanto, Adrian había centrado todos sus esfuerzos en conseguirle una cita a su prometida con el mejor experto en fertilidad de Sidney, una tarea que le había llevado más tiempo de lo esperado. Hasta hacía poco, el médico había estado fuera del país.

Al oír que se abría la puerta principal, Adrian sintió que se le aceleraba el corazón. Echó a correr hacia el vestíbulo.

Por supuesto, se trataba de Sharni. Tenía el rostro arrebolado y los ojos con un brillo especial que Adrian esperaba que significara una buena noticia.

–Eres muy mala –dijo, tras darle un beso en la mejilla–. ¿Por qué no me has llamado? Estaba desesperado.

–Lo siento. No quería llamar. Quería decirte personalmente lo que me ha dicho el médico.

–Pareces contenta. Supongo que eso significa que no es una mala noticia.

–Es maravillosa.

–¿Tus ovarios han vuelto a funcionar?

–Eso parece –afirmó ella, con una dulce sonrisa.

–Pero aún no has vuelto a tener el periodo.

–Qué raro, ¿verdad? –dijo ella, con un aspecto cada vez más radiante. De repente, Adrian lo comprendió todo. Se le aceleró el corazón.

–Ya estás embarazada –dedujo, lleno de felicidad.

–Así es –gritó ella, arrojándose en los brazos de Adrian.

–¿De cuánto estás? –preguntó él. No podía creer su suerte.

–Me ha dicho que de unas seis semanas.

–Eso significa...

–Así es. Debí de quedarme embarazada el primer fin de semana que pasamos juntos.

–Es increíble...

–No, no lo es. Te dije que me habías devuelto la vida y lo hiciste del modo más maravilloso de todos. Te amo,

Adrian Palmer –dijo ella. Entonces, lo abrazó con fuerza una vez más apoyando la cabeza sobre su corazón.

Adrian suspiró de felicidad. Se lo había jurado. Era lo que más deseaba en el mundo porque ella así lo quería. Era una mujer hermosa y maravillosa y estaba enamorado perdidamente de ella.

Cada vez que le disgustaba recordar las circunstancias de su nacimiento, lo que ocurría más de lo que había anticipado, pensaba en Sharni y en todo lo que ella había tenido que pasar. Recordaba su sabio consejo sobre lo de tomar decisiones como adulto en lugar de dejarse llevar por los sentimientos negativos.

«He elegido no ser negativo ni juzgar a nadie. He decidido seguir adelante con mi vida y disfrutarla al máximo».

Y aquello era precisamente lo que estaba haciendo. Además, iba a ser padre. ¡Qué afortunado era!

–Deberíamos llamar a Janice –dijo Sharni–. Y a tu madre. Hay que contarles la buena noticia.

–Creo que pueden esperar unos minutos más, ¿no te parece? Quiero saborear este momento a solas contigo. Vamos. Abramos una botella de champán.

–No. Nada de alcohol para las futuras mamás.

Adrian sonrió.

–¿Te apetece un poco de café entonces?

–Me parece estupendo.

–Ahora tendrás que venirte a vivir conmigo –dijo Adrian cuando estuvieron por fin sentados en la terraza con sus tazas en la mano–. Quiero cuidarte. También voy a tener que diseñarnos una casa. No se puede criar a un niño en un ático. Se me ocurre una cosa. No hay necesidad de que vendas tu casa. Alquilémosla. Así, te podrás venir a vivir conmigo esta misma semana.

–Me parece una idea estupenda.

–Pero tú no te ocuparás de la mudanza. Contrataré a una empresa para que se haga cargo.

–Si insistes...

–Insisto.

Sharni lo miró por encima del borde de la taza.

–Nuestro hijo va a ser un verdadero mandón.

–¿Qué te hace pensar que va a ser un niño?

Sharni miró a su amor y sonrió.

–Intuición.

Tenía razón. Su primogénito fue un niño, pero no fue un mandón en absoluto, sino un niño muy tranquilo al que le encantaban los animales y la música.

Le pusieron el nombre de Raymond Arthur, pero todo el mundo lo llamaba Ray.